鬥狐

司馬中原 著

國家圖書館出版品預行編目資料

鬥狐／司馬中原著.— 初版 — 臺北市：
風雲時代，2007〔民96〕
面；　公分
ISBN 978-986-146-375-9 (平裝)
857.7　96008816

鬥狐

作　　者：司馬中原
出 版 者：風雲時代出版股份有限公司
出 版 所：風雲時代出版股份有限公司
地　　址：105台北市民生東路五段178號7樓之3
網　　址：http：//www.books.com.tw
信　　箱：h7560949@ms15.hinet.net
服務專線：(02)27560949
傳　　眞：(02)27653799
郵撥帳號：12043291
執行主編：朱墨菲
美術編輯：許芳瑜

法律顧問：永然法律事務所　李永然律師
　　　　　北辰著作權事務所　蕭雄淋律師
版權授權：司馬中原
初版二刷：2008年9月

ISBN：978-986-146-375-9

總 經 銷：成信文化事業股份有限公司
地　　址：台北縣新店市中正路四維巷二弄2號4樓
電　　話：(02)2219-2080

行政院新聞局局版台業字第3595號
營利事業統一編號22759935

定 價：220元

目錄

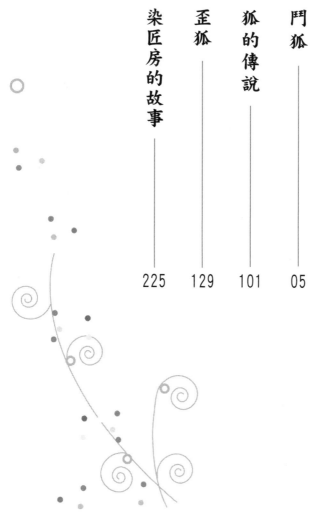

鬥狐

一

大清早，尖溜溜的冷風貼地刮，路邊乾草下，撒遍屑粉似的霜粒。施家大瓦房的小長工狗屎蛋兒回臉朝外，兩手抱著膝蓋，蹲在釘銅花的門檻兒外頭，木木呆呆的瞪著眼發楞，像在等著什麼。隔不一會兒，背後的黑漆大門開了，趕夜從白石橋接來的中醫老顧先生，赤著腳板出來啦。

「人，人怎樣了？」狗屎蛋兒圈起手指，套在嘴下呵口溫氣。

老顧先生沒想到門角邊還蹲著個人，嚇了一跳，定神看清是狗屎蛋兒，便匆匆說了兩個字：

「好了！」

狗屎蛋兒一聽，可樂開了，錐扎屁股似的跳起來說：「我沒料岔，到底老爹您的醫道高明……」話剛離嘴，一想：不對頭——老顧先生又不是學針灸的，藥方兒還沒開呢！當真他會邪法兒：衝著病人吹口仙氣，就能把昏迷不省的人吹好了？

「我是說——」老顧先生鬍梢子顫顫的，嗓門兒也有些抖：「靈牌給他寫好了！」

狗屎蛋兒忽然打了個寒噤，渾身好像下了冷水，全是凍渣兒。兩人臉對臉，呆了好一會，再沒說什麼；鼻孔裏呼出的熱氣，在冷風中變成團團的小白霧，邊呼邊散。

「我的驢呢？」老顧先生說。

「槽頭下料哩。」狗屎蛋兒說：「我去備妥了牽來罷。」

驢韁交到老顧先生手裏，小長工送上鞭子，又補一句：「我送您回白石橋罷。」

老顧先生擺擺手說：「你進屋招呼去罷，——施小老爺這一倒下，偌大頭的瓦房家只落兩個婦道人了……」說著，又想起什麼來，說：「早知這樣，我不該來的，早不請晚不請，等病人臨嚥氣請我。耽誤到這步田地，簡直不是請我看病，倒請我寫靈牌來了！——她施大奶奶信香灰、符水，怎不找香頭（註：即巫婆之土稱）拉回她兒子來？」

狗屎蛋兒沒答話，扶老中醫上驢。老顧先主又想起什麼來，伸手從腰裏摸出一串錢，交代狗屎蛋兒說：「待會兒，你若上街扯孝布，順便替我買幫燒紙，施家舉喪，算我送的弔禮罷。」說完話，兜著驢屁股搗一棍，頭也不回的走了。

狗屎蛋兒連雙手抱頭靜下來想一陣的心腸都沒有，迷迷惘惘的朝四周掃了一眼，天色灰沉沉的，遠近樹林全脫光葉子了，稀稀朗朗的戳著天；風頭像把掃帚，掃著遍地帶霜的落葉，旋呀舞呀的，落在門窪堆成堆，荒涼肅殺，一股死了人的味道。施小老爺畢竟死了！瓦房家該敗落了……狗屎蛋兒不會嘆氣搖頭，心裏卻結著一把疙瘩。

一年前，替大瓦房老當家的——施大老爺忙喪氣的那回事兒，狗屎蛋兒單覺替死人不服氣，可沒覺著傷心，也沒來由那個心。老當家的勤勞刻苦半輩子，積了幾十罈現洋，幾頃沙田，巴到兒子小老爺長大，才在南山腳蓋了這幢五進院落一條龍的宅子。宅子依著山坡蓋，瓦脊蓋著瓦脊，遠望一片青煙。

老當家的把家事託付了，成天吃點兒喝點兒，安享老福。上了年紀的人，身子太胖，得了中風一點也不為怪，施大奶奶偏信邪，放著白石橋老顧先生不請，要接巫道上門，又燒香，又拜斗（註：巫道所行儀式之一種，跪拜柳斗。），說是施家宅子蓋的不是地方，青龍犯白虎，磨難當家主，若想老當家的病好，非得請神來降龍打虎不可。

病人中風不語，手癱腳軟的任人擺佈，搬在太師椅上坐著，巫道們震天響鑼，撥風擂鼓，繞著他大跳大鬧，可憐老當家的皺著眉頭，一口黏痰塞住心，氣得只是翻白眼，就那麼死了。

斷氣的辰光，牙咬著舌頭，臉紅得怕人。那麼一把年紀，死就死了也罷，死後也不得清靜，施大奶奶請了關亡的（註：邪道之一種，自謂能拘鬼附體，與生人對語。）來家，懷裏揣著桃木人兒，閉著嘴，打喉嚨管裏說鬼話，說是：「賢妻呀！那天我在家中坐，一陣陰風掃上了我的身了。」施大奶奶信得——人死時明明歪著嘴，她施大奶奶還有不信的？

少當家的可不同。年輕力壯的一個人，鐵打的鋤頭也捱得起三五下，鬧了點小毛病，說什麼也不該就死了，俗語說「病怕拖延人怕癲」，若是早接老顧先生，好歹把把脈，找出病根來，抓它幾付藥，決不至弄成這般下場。即使治不了，也死得明白。她施大奶奶不信當歸半夏，又接巫道，鏡面上豎銅錢，睜眼跟鬼說話，說是陽壽該絕，沒救了。

施大奶奶冷了心，吩咐堂屋當央搬冷凳（註：人臨死時所臥的臨時木板舖），趕快替施小老爺穿壽衣。這一來，懷著身孕的媳婦可不依了，死抱著病人不鬆手，口口聲聲哭喊著：

「媽！妳捨得這樣待妳兒子，我不甘心這樣待我丈夫。差狗屎蛋兒去趟白石橋，請老顧先生來，死馬權當活馬醫，開劑藥碰碰。」

施大奶奶紅著眼，儘管搖頭，自言自語的：「妳沒聽管堂奶奶（註：北方巫婆行業謂「開堂」，撮迷信婦女組織香火會供奉邪仙邪神，自任香火頭兒，故名「管堂的」，又稱「香頭」。）說……命都定了！湯藥還能活得轉嗎?!」

說到傷心之處，也不管病人怎麼樣，搓來揉去的趴在病人身上，張口乖乖閉口肉，嚎啕大哭。

媳婦拚死拚活扯開她，哭說：「人還沒閉眼，妳怎麼不怕犯忌喲……」

做婆婆的還是抱定朽木當靈牌——拗到頂底：「妳沒聽管堂奶奶說——魂都走了呀……」

媳婦見說不通，到底自己吩咐備妥牲口去白石橋，半夜三更的接來老顧先生。人家真個是救命如救火，鞋襪全沒來得及穿，草草披了大襖，頂風出門上路。等人進門，少當家渾身都涼了，莫說老顧先生治不了，他華陀活轉來也只有瞪眼的份兒罷了。

揚起的紙灰飄過狗屎蛋兒的眼；少當家的屍首躺在那兒了，白眼翳斜斜吊起，彷彿死得十分委屈。狗屎蛋兒望著破碗裏的倒頭燈，想起自己爹媽的死，眼淚就禁不住奪眶而出了。

自小跟爹媽家住棗木林東南拐兒，爹媽害了汗病（註：即今日之傷寒病），請不起中醫就找巫道上門。香頭下了一趟差，說是中了邪火，大寒臘月，使大盆符水澆頭，不澆還能哼哼，一澆逼走汗，內火攻心，就那麼死了。若不是遇上施小老爺收留，早不知餓死在哪兒了。施小老爺傳老當家的代，死不信邪的人，卻死在巫道手裏，真是「邪火」?!

南山腳下幾十里，沒人不信巫道，惟有施小老爺不信，狗屎蛋兒不信。狗屎蛋兒白天幹些餵豬放牛、打麥揚場的碎活，夜晚睡在倉房角，扯著麥草當被頭，勤快倒勤快，就是有點鬱鬱魘魘的。

「邪火！邪火！」夢裏也這般喊叫。

當真會有邪火？狗屎蛋兒一想起爹媽就哭濕了眼。

施小老爺曉得狗屎蛋兒的心，總拿話安慰著：「什麼邪不邪?!狗屎蛋兒，甭老把熊人淚掛在眼上……總有一天，咱們要碰碰邪！」

施小老爺，好一條敢作敢爲的漢子，打老當家的被巫道氣死之後，拗著施大奶奶，攔門壩戶，不准巫道進屋。

施家大瓦房蓋在鬼神窩，左近少說也有七八處香火堂子；宅後山坡上，苦竹林密不見人，傳說是仙家（註：巫道稱狐狸謂「大仙」或「仙家」。）的洞府，林邊荒地上，蓋了許多半人高的小屋，供奉狐仙，逢到月中，涼月亮堂堂地，到處見到竄動的狐影。

施小老爺指著狐影：「那些鬼祟的玩意，就是巫道害人的招牌，你不怕招迷罷？狗屎蛋兒。」

「不怕。」

「那好！」施小老爺笑起來：「夜晚幫我做件事，別亂張揚！」

狗屎蛋兒永遠忘不了那些夜晚：兩人迎著紫薇薇的月亮上後山，幫施小老爺支吊桿，放籠子，凡留過狐狸爪印的地方，全挖下陷阱，自己揣著火藥袋，施小老爺拎著獵銃，伏在墳堆後邊，悄悄守望林裏的動靜。

三更不到，這邊籠子的吊桿下落，小狐的腳爪亂抓爬，發出吱吱的淒叫，那邊枯葉下方驚起一隻狐影，施小老爺吊準開上一銃，隨著盆大的槍火一閃，垂死的老狐便滾撲哀嚎。

「憑這種鬼玩意，也能成仙得道?!」施小老爺過去踢著死狐：「俗傳什麼千年白，萬年黑，也只跟黃皮子一個祖宗──光有拖雞的能耐罷了!」

倒頭燈的燈芯兒滑進油裏，豆粒大的燄頭綠慘慘的，彷彿鬼眼，狗屎蛋兒望著，恍如作了一場大夢；夢醒了，施小老爺已挺在那邊了，風掃著紙灰，打著旋兒朝上昇!死了麼?就這樣死了麼?鐵打的一個人!

無論如何，施小老爺總是死了，連他在世時的一番言語，也跟著埋下去了。東南西北幾十里，誰不鬨傳施家大瓦房鬧狐仙，老少兩代全因得罪仙家，被陰司削去壽籍，奪去性命的。施大奶奶氣兒子獵狐，竟把氣朝狗屎蛋兒頭上出，──獵銃埋了!籠子燒了!陷阱填了!又叫小長工滾出倉房，住進牛草棚裏去。

即使死了再投胎，我也不信服!狗屎蛋兒腦殼裏有一種東西在旋轉著。推了手車去趕集，路過白石橋，見了老顧先生，一把拉得死死的追問：「說呀!老爹，你把過他的脈，我家少當家的到底得什麼病死的?!」

老顧先生起先不肯說，吃狗屎蛋兒纏急了，才啞著嗓門兒說：「陰──寒──症……狗屎蛋兒。小夫婦倆行房，不知誤吃了什麼生冷……」

陰寒症?!對了！狗屎蛋兒想起來，拍著大腿：「男犯紅棗女犯梨（註：古老民間傳說，言男子行房後吃紅棗則死，女子吃梨則病）施小老爺得病前些時，後院的大棗正紅，我爬的樹，替他裝了一磁鼓兒（註：器皿，狀如盆，有蓋，帶耳，北方人家常用之。）那還錯得了！」

二

施家大瓦房少當家的入了葬，跟老當家的埋在一塊兒，兩條支撐門戶的擎天柱兒一倒，往日興隆的氣象全都黯淡了。施大奶奶從沒埋怨過，兩眼一顆心，成天落在媳婦凸凸的肚子上，皇天若真有眼，她就該懷著男胎，孩子落地，也好承接施氏門中一炷香煙。

殘秋盡後，算日子媳婦懷胎足月，半下午起的陣痛，趕急吩咐狗屎蛋兒接穩婆。穩婆接到家，已是掌燈時分了，施小老孀兒疼得翻身打滾，只是密雷不雨，穩婆坐著催生，累得只顧擂腰。

施大奶奶見過陣仗的人，怕媳婦頭胎難產，又急著香煙後嗣，大把焚香朝白磁觀音像前插，拖過蒲團，跪在產房門口，喊一陣菩薩，叫一陣張仙（註：民間奉張仙為送子之神）。

媳婦見了呻吟說：「您大把年紀的人，去歇著罷……」

婆婆哪肯歇，非等孫子露頭不可。媳婦急得咬牙說：「您這麼衝著房門跪，不替投胎的讓條路，沒老沒小的，可要把沒落地的孫子折殺了！」

媳婦這一棍可打個正著，施大奶奶不用人拉就起來了。人常說，無心吐話最靈，媳婦無意中開口就吐出個「孫子」來，施大奶奶心一寬，親自下廚去張羅吃食去了。

轉眼捱到二更天，媳婦的陣疼不但不轉劇，反而慢了下來，瞧見婆婆還站在窗戶邊喃喃自語的搓手，便勸說：「您無論如何去歇一陣兒，勞累了大半天。」

「我不放心。」婆婆說：「光聽樓梯響，不見人下來，不知是男是女。」

媳婦皺著眉，嘶嘶地吸氣說：「噯唷，又扯了！小拳頭光在左邊擂，我想是個男胎。您放心去歇會兒罷。」

施大奶奶這才肯回房，和衣躺著，睡也沒睡實在，恍恍惚惚的做了場夢，夢剛醒，那邊就響起穩婆的聲音：「大喜呀！大奶奶！妳抱孫子啦！」

穩婆喊的一點沒錯，她施大奶奶家，兩年倒了兩把大紅傘（註：大紅傘指撐門立戶的當家主。），一心全想抱個孫子，這如今，遺腹子落地，不是天上掉下來的大喜麼?!

誰知施大奶奶一把抱過孫子，反癡癡迷迷的哭出聲來；她哭什麼只她自己曉得，適才在夢裏，眼見一個披麻戴孝的討債鬼，手拖哭喪棒進門，才一睜眼，媳婦就破了羊水，開了產門。怕就怕這夢做得太巧，誰知懷裏抱的這塊肉能不能留得住?!

哭著，不放心，就著亮燈端詳孫子，白胖生生的一個娃兒，眉是眉，眼是眼，井灶豐隆（註：井灶，相士術語，人之鼻翅，左曰井，又曰灶，屬財宮。）人中正直（註：人中，位於頷下眉心之處，屬命宮。）耳垂子厚厚實實的，沒有半分寒薄，哪一點也不像討債鬼投生的。孫子既來了，總得望好處巴，寬處想，拚死拚活的養活了他。

打點送走了穩婆，天還沒亮，道喜的就上了門，開門接進來，不外是吃神鬼飯的，施大奶奶張羅得團團轉，把適才的夢說給大夥兒圓一圓。

施大奶奶一說夢，七嘴八舌的言語可多了。有的說：「夢是心頭想，怕什麼偏夢什麼，您老人家不必介意那個。憑您老人家一生吃齋唸佛，補路修橋的大功德，投胎的怕不是個星君。」有的說：「那拖棒的哪是討債鬼？真真實實該是南天門的神將『喪門神』。大奶奶只是認不得罷了！」有的說：「也許您老人家前世有什麼冤孽沒化盡，是有驚沒險，憑咱們大夥兒．每人保舉一個神將護著他，怕那災公瘟婆連口袋也不敢朝他掠呢。」

大夥吃神鬼飯這麼一說，施大奶奶十條心放了九條，還有一條放不下，願拿自家的老命抵上。望七十的人，手扶龍頭拐，揹著黃布的香火袋兒，小腳伶仃到處跑，逢山拜山神，逢村拜土地，逢廟拜菩薩，又許豬頭三牲，又許常年果供。扁擔長「一」字不識，居然啃會了金剛經，枉生咒，睜眼閉眼嘴在動，唸一遍，扣下一顆佛珠兒記數，金剛經要繳庫一萬本，枉生咒要繳庫九萬本，唸完了，叫一聲：「繳庫神點收。」

施大奶奶好比風前的燭，草上的霜，哪天一口氣接不上，不曉得，只要孫子沒什麼好歹，有人拖哭喪棒、點倒頭燈就好。既得了這麼一個嬌娃子，施大奶奶恨不得拿心肝肺葉兒裹著他，五福帽、富貴圈、長命鎖、鼻拘、耳墜、扣命繩兒、留命鐲，凡是想到的，娃子全戴上了。

那娃子偏生不爭氣，月子裏鬧了不肯吃奶的毛病，抱也哭，睡也哭，大泡大泡拉綠屎，附近吃鬼飯的刮在耳朵裏，不請自來，獻計說：

「大奶奶，別光在旁的事上花心勞神，您可忘了仙家這一門！——他爺爺跟他爹犯了仙家被奪了命，您可得在宅後建座大仙堂，跟仙家賠不是，許它年年燒長香，節節上全供……」

施大奶奶一想，不錯，死鬼們得罪仙家那本賬，怕不記在孫子頭上麼?!

大仙堂說蓋就蓋，磚包角，大顯門，紅草段子的堂頂，黃泥封實。堂前砌一方水磨磚的小方場，麻石雕的香槽兩邊，豎兩支彎彎曲曲一人高的紅漆小旗桿，旗桿斗兒上扣一串精工縫製的小衣小帽、小鞋小襪兒。

堂是蓋了，要請誰來管？要供那一路的仙？施大奶奶想了又想，決意去請叉路口的董四奶奶。

董四奶奶出道（註：出道意即「幹這一行」）三十多年了，所供的仙家就沒衰過香火，遠近幾十里，凡是有病家，沒有不先備驢放車接董四奶奶的，整日門前車喧驢叫，越顯得她大紅大紫。施大奶奶為孫子，明知董四奶奶出手高，也不在乎了，開口就許她，嘴到人不到，一年八擔小麥的管堂錢，香火費外算。

主意打定了，備了一份厚禮，吩咐狗屎蛋兒：「放車叉路口，替我接董四奶奶！」

狗屎蛋兒一聽接香頭，滿肚子氣彆不住，要朝外爬，悶裏不吭，推了光板車兒就走。施大奶奶罵說：「你這沒心沒腸的小子！董四奶奶那把年紀的人，叫她坐光板車？一路上坑坑凹凹的，怕不把她骨頭簸弄散了?!——把堂屋的小蒲團替我放上！走路輕些兒，不要顛反了她的胃氣。」

狗屎蛋兒推車上路，一頭走著，一頭編些小調兒罵那巫婆消氣，車到叉路口，衝著董四奶奶的扒頭屋嚷叫說：「四奶奶，恭喜妳財星高照！快來接財神老爺罷！」說完話，卸了車襻，也不進屋，一歪屁股倒坐在車把等著。

一聲叫罷，董四奶奶推門出來了，甩西的太陽照瞇了她的眼，抬手在眉毛上望人，望了一晌，使手指點戳著，笑說：「活活該打的，我道是誰呢！原來是瓦房家的狗屎蛋兒哥！有話進屋說，我料是大奶奶念我了，我這一晌也念著她啦。」

狗屎蛋兒伸手摘下車把上吊著的禮，包綠紙，扣紅繩，一盒是沒牙人最對勁的桃酥餅，一盒入嘴就化的綠豆糕，一條油滴滴的醃豬腿，帶著五花肥膀，少說也有七八斤，聳起肩膀搖著禮說：「這個，大奶奶一點意思！」

四奶奶伸手捏捏，喉管直跳，渾身全酥透了，說：「噯呀呀！大奶奶真真好記性，還是前幾年，我誇過這幾樣，她就揀著這幾樣送來。」

兩人進屋，四奶奶趕急拖條長凳讓狗屎蛋兒歇腳，又端一盞紅糖黑棗茶。狗屎蛋兒不嚕囌，把來意三句併兩句說了，催道：「要去就快去，再晚天就要黑了，黑裏推車走生路，一車栽進溝去，跌疼我屁股不要緊，跌破妳的頭，挨罵的還是我。」

四奶奶說：「什麼話，我收拾了就走。」

四奶奶人上六十了，灰白的頭髮稀得一眼能望見蝨子爬，也編成一根老鼠尾巴的麻花肘兒，盤成茶鐘口大的小歪髻，當央別支桃木簪兒，凸在後腦窩，盤妥了髻，夾上寶藍緞子鑲假珠的翠勒兒（**註：翠勒兒：北方老婦防風的帽子，狀如鞋幫，無頂。**），又喬作張致的抹粉戴花，換領簇新的黑滾邊藍布襖兒，露屁股的夾套褲（**註：套褲：狀與常褲不同，後臀部挖去一個圓洞，惟北方老婦習慣穿著。**）這才上小車，讓狗屎蛋兒推著，一路上臭屁連天放到大瓦房。

不消狗屎蛋兒通報，施大奶奶早就在麥場邊等著了，兩個老的一見面，拍拍打打，話像黃河決了口，滔滔滾滾說個沒完。董四奶奶叫抱出娃子來，看看相，揣揣骨，嘆口氣說：

「這娃子相也好，命也厚，只是眉心帶煞，顯是沖犯仙家。幸好奶奶蓋了大仙堂，要不然……真難說。這就打點些香燭供物，要娃子他媽抱著他，一道兒跟仙家叩拜罷，我就地下趟差，討討仙家的口氣。」

在施大奶奶耳眼裏，董四奶奶出言就是太上老君的勅令，打點齊備上後山，天到拐磨時了，屋後的山風棍打般急，沙灰迷得將落山的日頭打一道昏糊糊暈輪。兩個老的你攙我扶，沒滿月的小老嬸兒抱著娃子跟著，狗屎蛋兒一隻手挑著燈籠，一隻手拎著一籃子香燭供品，在前頭替她們擋風照路。

大仙堂蓋在苦竹林深處的坡頂上，狗屎蛋兒一眼就認出那塊地方，正是少當家的生前獵狐之處，想不到現今變成供狐「仙堂」了。董四奶奶吩咐焚香獻供，打褲腰裏摸出一張寫好了的靈牌，幾個歪瓜朱紅字，寫著「供奉黃花仙姑之位」，叫狗屎蛋兒貼在堂裏，帶領施家老小拜了，便在方坪上下起差來。

風在林梢呼嘯著，沙煙疾走，四周埋入土霾霾的渾沌之中，只有打轉的燈籠把碎光搖落在地上。董四奶奶這趟差，一開始就下得惡，咬牙切齒，怒眉橫目，光是暴搖著身子，左一個寒噤，右一個呵欠，仙家還是不肯附體。

施大奶奶懂得請仙的慣例：若是仙家有心受供，巫婆只消化一道靈符，掐訣唸咒，便附上巫婆的身體，若是仙家不願受供，任你下符催請也不附身。董四奶奶請的是她多年供奉的黃花仙姑胡金花，仙姑既不肯附體，諒必見罪啦！當下，戰戰兢兢的悄聲問說：

「四奶奶，仙家肯不肯，務求哀告她回話呀。」

四奶奶牙吱著，手顫著，說：「啊！仙姑在上，她施氏門中的大奶奶是個善人，誠心供奉仙姑，務求仙姑看在弟子隨侍多年的份上，下一趟差，和凡人通通言語，有好說好，有歹說歹罷！」

大奶奶也在一旁求告說：「施門王氏多多拜上仙姑！請仙姑下凡領供。」

四奶奶抖戰一陣，仙姑還是不來，狗屎蛋兒耐不住了，在一旁咕噥說：「別拿架子了！黃花姑娘，妳再不來，齋供就冷了。咱們又不能熬夜守著，待會兒挨狗吃了可甭怪我。」

施大奶奶正急著仙家不受供，一聽狗屎蛋兒胡言亂語，不由惡狠狠的叱說：「誰要你狗嚼舌頭！替我滾遠些兒！」

狗屎蛋兒挨罵後，猶自退到一旁咕噥說：「昨晚雞窩裏少了一隻九斤黃，難怪她不來受供了。」施大奶奶耳朵聾，又在上風頭，沒聽著，就算了。

董四奶奶在那邊繞著圈兒蹦跳，連化九道催仙符，徒見一陣風過，燈籠猛抖一個大花，仙家就附體說：

「吾乃是黃花山黃花洞黃花仙姑胡金花是也。爾施家死鬼老少不知好歹，在世枉與仙家作對，要不看妳施門王氏存心積善，及早認罪，定要絕妳香煙後代根！」

施大奶奶初聽仙家報出聖號，喜得眼睛眉毛擠在一堆，繼聽仙家責怪，眼睛眉毛又還了原，扯著身邊的媳婦跪下，認準石塊上碰響頭，搗蒜似的央告說：

「仙家呀！人常說：大人不記小人過，宰相肚裏能撐船，……施家老少兩代的罪過，自有死鬼父子承擔，命該他上刀山，下油鍋，一天打他三百紅頭黑漆老虎棍，我全不敢心疼，只求仙姑見憐我施門王氏，年老無依，保全我這孫子，……您要什，我允什麼……」

施大奶奶說完話，董四奶奶手上巫鈴一炸，圓睜兩眼唱起十大怨來：「施門喲王氏妳聽真，仙姑我有話說分明……我一怨他，施家老漢不通情，別處他不把宅子蓋，龍頭虎嘴動工程，他擋了我仙家的雲路猶小可，犯了那天律罪喲……不輕……」

「知罪了！知罪啦！仙家。」施大奶奶伏在地上說。

仙家毫不理會這個，暴聲唱下去：「我一怨他，施家那小子禍害根，滿口的狂言他罪孽深……三怨他……滿山遍把籠子放，殺人的獵銃他殺不著仙家反害了自身。仙家有……千年的道行萬喲年的根，怎能把那仙家比凡人……」

巫鈴變得潑風潑雨，在燈籠的光影下，只見董四奶奶寬袍大袖亂翻亂舞，聲音也愈來愈加淒厲了：

「仙家的眼睛雪亮亮，千里它萬里也望得分明，你籠子剛朝山上放，夢想殺我仙子和仙孫，我仙家早就掐訣拘來了當方的土地和山神，護守我那仙子仙孫不入籠喲門……」

唱到熱鬧處，旁邊的狗屎蛋兒鼓不住氣，只是想笑，強咬著嘴唇，那股氣還認準鼻孔朝外衝，嗤的一聲，擠出一泡黃狼鼻涕，抹在鞋頭上，歪著腦袋，拿眼直睃那老巫婆的臉。

董四奶奶出道三十多年，一瞧光景，便知那小長工心裏有鬼，但仍不動聲色，把調子一轉，悲切的唱道：

「只怪我仙家雲遊四海腳呀不停，玉帝他召我上喲天庭，一時大意了一天整——上界的一天是地下的一年還有餘……零，忘了掐訣去拘神，你兒子才惹下了滔天的大禍根……籠子攖，獵銃開，剝皮碎骨血呀血淋淋，……可憐我仙子仙孫沒道行，怎奈得你凡夫俗子起兇心?!」

緊跟著，眼光灼灼的朝著施大奶奶望著，唱：

「無論妳施門王氏怎麼修行，難抵我子孫的血仇海樣喲……深……我仙家凡事都一宗一宗的算得清來記得明，妳那兒子行兇作惡活該短壽命歸陰，他先殺菜花仙姑的親骨肉，後殺了黃衣三郎又剝皮來又抽筋，……剝皮抽筋罪不輕，菜花仙姑一怒就上了天庭，玉帝面前奏一本，王母座下哭嚶嚶，王母一聽怒氣盈，急召地藏菩薩入天門，如此這般下勅令，金毛怪犼轉回程，動令下到陰朝地府，十殿閻羅眼圓睜，差了牛頭馬面黑白無常勾魂使者俱來臨，枷子枷，鍊子鎖，火燒棍打拘了他的七魄和三魂，打入那陰山背後千般萬般受苦刑！十道輪迴沒他的份，永也再也不想托人身。」

話從巫婆嘴裏瀉出來，一句跟著一句，不容滴水的空子，唱到憤恨處，牙關咬著格錚錚的響。可憐施大奶奶伏在地上，滿頭沁汗，幽幽的閉上眼，彷彿陰山背後的慘景就在眼前。而巫鈴逐漸緩慢下來，董四奶奶盤腿趺坐在地上，仙家有欲去的模樣了。施大奶奶挪過去，一把抓住巫婆衣袖哀告說：「仙家息怒，該罰的已全罰了，如今萬望可憐我施門王氏一片誠心，受了供罷。」

董四奶奶放也放盡了，心想該收轉了，便打個呵欠，平和的唱道：

「我仙家有話妳聽清，慈悲爲懷我不計仇和恨，全看妳施門王氏一片誠心，妳家的事情我要照管，妳孫子的性命我也保他安寧，他不能跟他老子姓，一聽他姓施我就怒氣生！改了罷來換了罷，我今賜他姓胡名叫金根，拜給我黃花山黃花洞黃花仙姑名下做乾孫，也算妳幾生幾世積善根，仙凡兩下才結乾親……」

施大奶奶這才略略抬頭喘口大氣，連說：「多謝仙姑！」董四奶奶也喘口氣，逐漸唱入本題：

「我心疼的差役董四奶奶妳不可慢來不可輕，她是我頭名頭號的管堂人，妳仙凡相隔不能行，董四奶奶她有道根，非她親手上香不能行……」

施大奶奶好不容易才籠絡上仙家，順水人情還有不做的麼?!急忙允道：「仙家放心，董四奶奶我決不怠慢。」

仙家鼻眼出氣，冷笑一聲，唱：「光是嘴講沒憑證，這事我要妳現真心，妳且把上好的田地撥一份，寄在她董四奶奶名下，供我香火旺盛日夜不消停……」

施大奶奶一聽仙家開口要起田地來，彷彿在活人身上割肉一般，回頭瞅眼媳婦懷裏的娃子，咬著牙答允說：「謹遵仙家囑咐，要田地，我照撥，揀個黃道日子換契就是了。」

仙家點點頭，接著挑剔道：「山南的高坡多喲荒草……山北的淤泥窪子多水淹，妳庄前田地薄得生野草，庄後的田地苦竹深，上說的田地我都不要，單要妳叉路口十畝青沙一塊印……妳若是允了才算真心，要不然莫怪仙家趕盡殺絕不容情！」

施大奶奶做夢也沒想到仙家爲一塊田地挑剔到這般程度，叉路口那十畝田，沒骨沒刺的一片青沙，輕犁八寸，重耕一尺五六，別說用牛，人全能拉犁飛跑，走遍南山腳，也找不出第二塊那樣的田來，老死鬼當初從人手裏接下它，靠它連年豐收發的家，是一塊金銀換不去的祖產，一想就要撥給旁人，渾身不禁癱軟了。

本待多叩幾個頭，求仙家另換一塊，又怕仙家翻臉無情，真箇趕盡殺絕，便有氣無力的點頭說：「我允……了……仙家。」

董四奶奶一聽，幽幽的打了個呵欠，滿臉浮出「功德圓滿」的笑來。那塊黃金印到底上了手啦！

三

軟軟的春風把南山吹綠了，遠望滿山細草恍似牛毛，狗屎蛋兒迎門坐著，滿心鬱鬱的，沒處施勁兒，好像那顆心生了一場軟軟的小病。春風掃在眉毛上，一浪一浪的，帶著如水的沁涼，起自天邊的麥浪，四處八方潮湧而來。

「他娘的！」狗屎蛋兒憑空罵了一句，楞一晌方又接上說：「她董四奶奶倒會端現成的飯碗！」

叉路口那塊田地前幾天換了契，姓了董了。狗屎蛋兒不氣這個——田是施家的田，地是施家的地，要是她施大奶奶甘心毀田折產，賣給旁人，一棍砸扁了狗屎蛋兒的腦袋，小長工也沒有話說，這算什麼?!壓根兒是場大騙局，她施大奶奶睜兩眼要朝繩套裏鑽，還不准旁人吱牙，這算什麼?

撇開田地本身不說，單就地上的一季麥，少說也收它十擔八擔，她董四奶奶連青作一把摟過去，可不是天下掉下來的歡喜?換契那天，董四奶奶朝施大奶奶鼻尖上抹糖，說什麼擔保金根兒闖三關，過七煞，麻線頭兒搓得長長的把施大奶奶吊著，老鼠拖木掀——大頭在後頭呢！

這也甭談了，狗屎蛋兒心疼那塊田地，因爲有大把的汗粒兒落在那塊地上，耕作一塊肥田的樂勁惟有掌犁的人知道，每年春秋兩季，狗屎蛋兒都刻意施肥，精心除草，使一畝地出二畝的糧，這好?!這好?!老鼠穴裏倒拔蛇，拔不回頭了。

田地就在那裏，垂楊順著溪走，手牽手的一路鵝黃條兒圍著那十畝青沙，老巫婆的宅子捱著它，隔著牆能聽見豆莢兒炸鼓的聲音。

「他娘的！」狗屎蛋兒就氣這個，朝地上吐口唾沫。

董四奶奶管不了這許多，田地弄到手，立即捎信回娘家去，吩咐姪兒薛二禿子來幫忙料理。

薛二禿子跟他姑媽一料貨，多年一直幹著燒豬童子的營生（**註：燒豬童子，巫道之一種，儀式怪誕，北方常見之。**）靠一張狗皮鼓唱童子戲吃飯，好像一隻吃慣白食的蝗蟲，因爲吃得太狠，把左右團轉吃光了，正癟著肚皮，一聽說姑媽在南山腳走運，吃上了首戶人家，那還用多說，翅膀拐兒一張就飛的來了。

四奶奶一瞅，好乖乖，幾年沒見，二禿兒直長得橫高豎大，滿臉紅光，光溜溜的禿頭吃稀硫磺一敷，蒼蠅全站不住腳，便歡天喜地的說：「二禿兒，自你姑爹死後，我只落你這麼一個親人。這如今，我交了老運，得著施家大瓦房這麼一次機會，要想發跡，非得放下手不可，你得好生把這塊新撥的香火田照應著，讓我驚天動地的做一番，得了手就收山。」

薛二禿子說：「我跟您一般意思，小魚小蝦沒撈頭，肉沒吃著，反惹一身腥，這年頭，要撈就撈大的。用得上姪兒的當口，您儘吩咐就是了！」

董四奶奶手拍胸口說：「好姪兒，我出道三十多年了，向來是單槍匹馬弄慣了的，這一回，得了你這趙子龍，莫說施家，百萬營盤我都敢踩啦！」

董四奶奶說的不差，本來名頭就大，加上施家大瓦房也請她管堂，香火更興隆了。董四奶奶為磨練姪兒，每次下差，全留點尾兒，逼病家燒豬還願，再推出薛二禿子去，敲鼓搖鈴，收收二水。薛二禿子有了姑媽做靠山，更把渾身解數有恃無恐的放出來，一場比一場精彩。

正當這時，錦上添花的事兒又來啦！

「嘿！四奶奶！恭喜妳財星高照！快來接財神老爺罷！」董四奶奶一聽，不是狗屎蛋兒是誰?!狗屎蛋兒老模樣，兩手交搭著肩膀，倒坐在車把兒上哩。

「有什麼不妥麼?狗屎蛋兒哥！」老巫婆說。

「妳猜著了！」狗屎蛋兒悶聲悶氣的：「自打去年臘月裏上後山，小老嬸兒和金根兒受了風吹，就覺著不大對勁兒，天一轉暖，病發了！妳少不得要去走走！」說著，一伸手又打車把上摘下禮來說：「這點兒，大奶奶的一點意思，妳好歹收了罷！」

董四奶奶一瞅，不由鬼掐似的叫了一聲「我的媽！」說：「這怎麼弄的?!」

也不怪董四奶奶喳喝，小長工手上提的還是上次那三樣禮，只是已弄得不成樣子了，桃酥餅、綠豆糕跌得散散的，一半泥沙；豬腿上淋淋漓漓滴著污水。

狗屎蛋兒說：「不能怪我，四奶奶。施大奶奶擔心病人，吩咐我十萬火急放車來接您。車到橋頭絆一跤，我骨拐還疼著哩。」

董四奶奶也沒心腸多計較，只說：「不打緊，我就來！」草草回屋收拾一番，上了車直奔大瓦房。進屋見了施大奶奶，才曉得金根兒母子病重。

本來嘛，一個未滿月的女人和初生的娃子，怎經得山風兜刮，受了內寒，天暖發出來，就成了棘手的毛病。任她董四奶奶再老練，到這吃緊的當口，也覺得腳爪慌忙。

董四奶奶明白：自家朝後的飯碗兒全繫在金根兒身上，那娃子最好是大病不生，小病不斷，才有撈錢的機會，這一瞅，母子倆的病可不是好鬧著耍的，話得說得沒稜沒角才好對付。

「嗨，大奶奶！話我得要講明了！」董四奶奶鬥起眉毛搖頭，搖得腦後的小歪髻亂晃：「這事原原本本只得我明白，說來說去，還怪在金根他爹生前罪孽太重，遍天遍地，神鬼不容。得罪了小小不言的地仙，黃花仙姑還好說說人情，得罪了大羅天仙，話就難說了！」

施大奶奶說：「我那兒子怎會得罪天仙？四奶奶?!」

董四奶奶說：「囉囉囉！妳兒子獵殺的黃衣三郎，本是灌口二郎神的家奴，殺了祂，不就是得罪了二郎神麼?!前幾天，二郎神帶了神獒犬，雲遊南山打獵，黃衣三郎的冤魂化一陣旋風，擋往雲頭告狀，二郎神沒怎麼樣，他那要命的神獒卻放不過，一口啣走了他母子的魂魄下酆都去了。這如今……嗨……這如今……」

董四奶奶兩個半吞半吐的這如今，可把施大奶奶臉都嚇白了，急說：「四奶奶，事不宜遲，這就央妳下趟差，求黃花仙姑設法罷！」

董四奶奶一想：不成，上回下了那趟差，跳得腳心暴腫，若果照樣下一趟惡差，怕不連命賣了?!便故意皺眉道：「這事不關仙姑，若想追回生魂，非『過陰山』不可。」

「過陰山」是巫道的大關目，眾巫婆當中，董四奶奶道法最深，惟有她能三魂出竅去過陰山。施大奶奶一聽董四奶奶允過陰山替金根母子尋魂，哪還有話，便催說：「要什麼，馬上吩咐備辦罷！」

董四奶奶說：「也不要備辦什麼，只消上一堂豬羊全供，另取檀香整段，大燭三十斤，硃砂神砂，紙箔笆斗，海碗燈芯，一應備用就成！」

到這時，施大奶奶也顧不得疼錢了，回房摸出幾十塊銀洋來，交給狗屎蛋兒去張羅，小長工臨走，施大奶奶又交代說：「狗屎蛋兒，你去張羅東西，順道兒鄰近村上捎個信，請姑姨姐妹過來幫著摺元寶錠兒。」

話經狗屎蛋兒一傳，南山腳的村上人全知道董四奶奶今夜要過陰山，紛紛趕來看熱鬧，一院裏擠著人。

黃昏時，施大奶奶獻上了整豬整羊全供，佛櫃上，兩支兒臂粗的巨蠟燒得明亮飄搖，一段段檀香架成方陣，煙霧上走著刺鼻的濃香。

董四奶奶看了看供品，嚥著口水說：「大奶奶，妳須得好好張羅點兒吃食來、我墊墊肚子再走，陰朝地府不比陽世人間，天又黑，路又滑，終朝不斷綿綿雨，我吃飽飯，添點力氣好趕路。」

施大奶奶張羅了吃食，老巫婆風捲殘雲，吃得上打飽嗝下放響屁才丟筷子；吃完飯，上馬桶，董四奶奶沒忘記多年前鬧出的笑話——過陰山前沒上馬桶，半夜尿急了，溺濕了兩層褲子。

板門鋪在堂屋當央，施大奶奶怕董四奶奶躺著嫌冷，特意加上褥墊和麥草，枕頭被子一應俱全。董四奶奶舉著一炷香，繞著佛櫃八方拜了八拜，一拜家神，二拜門神，三拜灶君，一邊拜著說：「三魂離竅，七魄歸陰，八方拜遍，神鬼不驚。」拜完了，焚起一道靈符，吩咐狗屎蛋兒說：「扯紅燈，點命燈！我要去了！」

紅燈又叫照路燈，冉冉的在簷上昇起，風搖燈影，閃閃霍霍的一片陰紅，命燈七大盞，七小盞，繞著板門亮一圈，大盞全是大海碗，拇指粗的燈芯兒串在銅錢孔裏，燈焰長有五寸；小盞全是小酒盅兒，燈芯細如單股麻線，燈燄小如綠豆。

紅燈命燈剛亮起，董四奶奶煞有介事的一把扯住施大奶奶的衣角說：

「大奶奶，命燈亮了，鬼王來接我啦。我因歲數大了，吃不住勞累，多年沒過過陰山，過一次陰山就如死一場，……一去陰朝千里路，借了黃花仙姑的雲頭，也要對復時（**註：即二十四小時**）才能還陽。倘若找著金根兒母子的生魂就回來，要不然，這付皮囊交在大奶奶妳的手上了，還請大奶奶您……好歹備付薄皮材……」

施大奶奶一見董四奶奶賣命過陰山，淚眼婆娑說了這一番話，也自心酸，拉著老巫婆的手安慰說：「四奶奶，妳爲金根兒盡心盡力，是我施氏門中大恩大德的人，倘他母子倆生魂回轉，待日後金根兒長大，怕不用長生祿位牌子供奉著妳。」

施大奶奶話剛說完，躺在板門上的老巫婆格楞楞打了個怪寒噤唱：「陰風慘慘喲……霧沉沉……黃泉路上來了我董氏管堂的人！啊！牛頭馬面你莫擋路，我去那陰朝地府去找魂，我不找那張來喲也不找李，單找那施家的小老孀兒和她的兒子名叫金根。請看那幽冥燈，七大盞，我乃是奉了她黃花山、黃花洞、黃花仙姑的聖令，七小盞，是我董氏三十年修煉的小道根……你放我走來，你放我行，我要駕雲頭趕路程……」

一段唱下來，滿院的嘈雜都被壓服了，只有陰慘的餘音還在樑上盤旋。董四奶奶接著閉眼交代：「臨行我有事說分明，陰間天黑路難行，奈何橋，血污池，惡狗莊，還有那刀山和喲劍林……七關全靠燈七盞，千萬要留看守的……人……」

「妳放心，四奶奶！」施大奶奶應說：「我留狗屎蛋兒熬夜看守就是了……」

「熬夜看守要小心。」董四奶奶耳眼尖似針壁兒，接著唱道：「莫怪我千叮嚀，雞貓狗鼠不能弄翻一盞燈，燈不亮，路不清，叫我怎能還陽轉世報信音?!」

「妳放心，四奶奶！」施大奶奶又應說：「我交代狗屎蛋兒千萬留神就是了。」

「還有一件要說分明……」董四奶奶唱：「接點那線香報時辰，半支香盡鼓一更，更更全要燒化紙箔不能停，陽世的紙箔陰世的金，我沿路好齋化打發野鬼和孤魂，免得他挨挨擠擠亂纏人，白白的耽誤我行程……」

「好，好，」施大奶奶沒口答應說：「我叫狗屎蛋兒接點線香，更更燒紙化箔就是了！」

董四奶奶彷彿交代完了，幽幽的打了一個呵欠，便直腿直腳的過陰山去了。闢目一完，看熱鬧的也就一哄而散了，只留下小長工狗屎蛋兒，獨蹲在屋角守夜。

窗戶櫺兒外邊，星顆子晶明透亮的，小風逗弄瓦楞上的一片乾葉，悉悉索索的打轉，一隻狗在遠遠的黑夜裏叫起來，另有幾隻在不同的地方應和。狗屎蛋兒吹旺了火線繩，燃上頭一支香，心裏好像放了一盤大磨，嗡隆嗡隆的轉起來；老巫婆定是記恨我，狗屎蛋兒想：她高床暖鋪過陰山，睡得可安逸，害得我五頭聚會，乾守乾熬的捉瞌睡蟲，嗯?他娘的!什麼鬼門關，奈何橋?!鬼話!全是些鬼話。

板門上的董四奶奶睡著了，半張鮎魚嘴，鼻孔裏冒出鼾聲，鼾聲撩撥著人，使狗屎蛋兒越加睏倦。

線香燃一段，落下一截灰，狗屎蛋兒恍惚能聽見前屋的病人哼；金根兒母子倆的命，可不正是這支香，越燒越短了。

爲把事情徹頭徹尾算明白，狗屎蛋兒掐了三遍手指頭。——老巫婆受了香火錢，卻在貪睡，這不是白白耽誤病人?!無論如何，該找老顧先生打兩劑藥熬一熬，要不然，病人準完了。

睏!還是睏!狗屎蛋兒順手打笆斗裏抓一把元寶錠兒放進火盆。

一支香燃盡了。狗屎蛋兒接燃一支。

雖說是交三月的天，深夜猶感春寒逼人，寒毛孔不開，一肚子湯湯水水全朝尿泡裏鑽。狗屎蛋兒強憋了一陣，憋得尿泡疼，便起來拉門，打算從門縫朝外放溺，誰知早不來風晚不來風，剛開門就碰上˙陣頂門風，鬼爪兒似的，把董四奶奶頭前的小燈捏滅了三盞。狗屎蛋兒一慌，心想：糟!老巫婆定歸曉得了!

誰知等了好半晌，董四奶奶鼾照打，全沒一絲動靜。狗屎蛋兒覺得好笑，拖過火絨，吹燃了重又把燈點亮。

就在這一刹，一個古怪的念頭鑽進狗屎蛋兒的腦殼——她董四奶奶口口聲聲說魂靈出舍，過陰山下酆都去了，這如今，板門上躺的哪還是個人，只是個死人殼子罷了！不錯，它該是死的。我問你？傻狗屎蛋兒噯?!——你聽過死人還有會打鼾的沒有?!——不能！萬萬不能！——狗屎蛋兒自說自話的在心眼裏盤算著——我倒要試試它到底是死的？還是活的？要真是死的，算我輸！若是活的呢?!顯見老巫婆她鬼話騙人！

一想到這層，狗屎蛋兒膽子便壯了許多，悄悄開門溜出去，揣了兩塊牛屎餅（**註：以牛糞製成的餅狀物，北方農家用之以代替取暖的燃料。**），撿了兩根雞毛。

頭一個主意是使煙薰，使火筷兒撥旺了火盆的底火，把牛屎餅壓上，等到牛屎餅冒煙，便把火盆移到董四奶奶的頭邊，自己靠著火盆坐，脫下破毯帽權當扇子打，把一股滑嘟嘟的濃煙，全搧到董四奶奶的臉上去。牛屎餅壓住底火，那股煙又難聞又嗆人，狗屎蛋兒眼睜大大的盯著老巫婆的臉，瞅瞅到底有什麼變化。

不一會兒，鼾聲停了，董四奶奶嘴巴也閉攏了，狗屎蛋兒心裏一樂，搧得更勤；又過一會兒，董四奶奶竟咳嗆起來，光咳嗆，忍住勁不敢張嘴，咳呀咳的盡在喉嚨管裏響。

「成！」狗屎蛋兒心裏話：「該換下一個主意了。」

想著，兩手就分捏了兩根雞毛，輕輕探進董四奶奶的耳朵眼兒裏，捻動鵝毛桿子打轉，董四奶奶居然鬥起眉毛，左右搖頭。狗屎蛋兒又把雞毛插進老巫婆的鼻孔，只消輕輕一擰，董四奶奶再也忍不住了，猛一個鮎魚大張嘴，阿——嗤——一聲，打了個大大的噴嚏，鼻涕眼淚一齊出籠。

「有……有鬼了！」董四奶奶說。

狗屎蛋兒裝著沒事人，把雞毛朝火盆上一扔，照舊打盹。

「有鬼！有鬼！」董四奶奶坐起來，夢夢盹盹的叫：「狗屎蛋兒，我定歸是魘住了！」

小長工頭也沒抬，縮著脖子，話音兒酸酸的：「哪的話?!四奶奶。妳不會魘住的，妳正在駕雲呢……妳這是……噯，噯……在……四奶奶，妳在『過陰山』呢……」

董四奶奶一聽「過陰山」，彷彿劈頭挨一棍，機伶伶的醒了過來，睜眼一瞅狗屎蛋兒酸吞吞的那張臉，就明白了八九分，心想：完了！完了！啞巴吃黃蓮，有苦說不出，出道三十多年，今晚頭一朝著了狗屎蛋兒這小子的謀算了！

儘管恨得牙根癢，話頭兒卻不得不軟到頂底：「噯，狗屎蛋兒，我四奶奶跟你沒冤沒仇，作弄我何苦來？可憐我這把年紀在身上，一沒田，二沒產，拿什麼混嘴？」

狗屎蛋兒聳聳肩膀：「四奶奶，我得拿妳的話問妳，——他施家也跟妳沒冤沒仇，妳何苦平白的耽誤人命來?!」

董四奶奶倒抽一口冷氣，想起什麼來，拿話團著狗屎蛋兒說：「這麼著，狗屎蛋兒，我曉得你心眼兒裏想的是什麼。你為施家巴到底，也不過是個長工，莫若跟我做個乾兒子，我孤苦伶仃一個人，哪天一口氣不來，全是你的，你缺什麼，要什麼，我供你……只別把今夜的事跟人提。」

算啦罷，四奶奶！狗屎蛋兒攤開雙手苦笑著：「承妳瞧得起我這沒出息的窮小子，我有那份心還怕沒那份命哩！妳交我一塊銀洋，替金根兒母子倆打藥。我就做回啞巴，恁事不講。」

「那敢情好。」董四奶奶眉笑眼開，把方抽進去的一口冷氣又吐了出來，忙不迭打腰眼荷包裏捏出兩塊銀洋，熱火火的塞在狗屎蛋兒手心說：「喏，一塊留著打藥，這……這……一塊你收著，好歹買些鞋襪汗巾什麼的使。」

誰知狗屎蛋兒接過銀洋，只揣一塊進腰，把另一塊放在掌心掂掂又扔了回來，木木的說：「這種走歪路撈來的錢，我狗屎蛋兒用不著。我有句話對妳說，我做啞巴？行！妳明兒可得把那塊香火田的契退給施家！人不能太貪，……一年坐收八擔小麥管堂錢，夠妳用的了！鬼飯，妳也甭再吃了，今夜幸好碰上我，換旁人，可沒這般輕鬆。」

董四奶奶光眨眼，渾身簡直軟了。

狗屎蛋兒站起身拍拍屁股說：「妳躺著罷，我得趕夜去石橋頭打藥，病人再耽誤不得了啦！」

四

遠遠近近，誰不知董四奶奶好手段，施家大瓦房兩個失去了生魂的人，一趟陰山就救活了一個，她施小老孀兒救不轉，只怪她壽限到了，判官已勾過生死簿，誰也沒辦去可想。

骨子裏，天知地知，她董四奶奶明白，出道三十年，請仙拘鬼，諸般花巧全玩過，臨收山，倒吃了籍籍無名的狗屎蛋兒一黑棍，打得人天旋地轉，若被他亂說亂道的張揚出去，一世的名頭隨水淌了！幸好那小子沒扔撒手鐧，只要了一塊銀洋。

饒是這樣，董四奶奶回到叉路口，還心驚肉跳半個月。

巫道這玩意，不管是真是假，靈就靈在有信家，俗說：姜子牙釣魚，願者上鉤，若在半路上吃人把底牌揭穿了，這行飯就甭想吃了。董四奶奶明白這個，軟手把兒攢在別人手裏，又拿不住狗屎蛋兒的岔兒，只好自認倒楣，乖乖的退還了施家撥出來的香火田，哭著，唱著，下了最後一趟大差，借仙家的口，說是她年紀大了，該養息了，把差役的擔子就此卸了。

施大奶奶一聽仙家要免董四奶奶的差役，跪著哀懇說：「她董四奶奶託仙室的福，六十多歲的人，耳不聾，眼不花，求仙家再留她當三五年的差罷。」

董四奶奶何嘗想放手不幹，只是狗屎蛋兒逼她非退身不可，任她施大奶奶百般哀告，還是不允，只說找到替身就關堂子了。施大奶奶感念她救活了金根，一年八擔小麥的管堂費照送，給她養老。

老巫婆關堂子的消息，很快哄傳出去，南山腳附近的婦道，有不少想端這隻熱鍋的，只消董四奶奶答允收徒，那叩了頭的還怕不「銀洋花花，白手成家」嗎？

按照巫門的規矩，黃花仙姑要換她手下的差役，必定先託夢，以夢為憑，和董四奶奶對答，答中了的人選，一些想吃這門飯的婦道，竟使槐樹汁兒抹臉，假害一場大病，然後仙家初附，大唱大鬧，好去應選。

誰知董四奶奶成竹在胸，——要收徒弟當替身，必得收個眼觀四處、耳聽八方的人，好報狗屎蛋兒羞辱之仇！找上門的幾個愚拙村婦，口艱舌硬的，哪能瞅得上眼，經不住一陣對答，全都抱著頭走了。

這當口，施大瓦房的金根兒毛病全好了，施大奶奶大把的朝外撒錢，酬神謝佛。董四奶奶不出，全便宜了其他吃神鬼飯的。只是聽人說，施家肉中帶刺，那小長工狗屎蛋兒專在暗中挑眼兒罷了。

董四奶奶眼不紅在錢上，只恨那小長工入骨，屢次關照薛二禿子查訪左近有沒有中意的替身。薛二禿子滿心窟窿眼兒，曉得姑媽時運退了，若招來一個不相干的替身，她摟她的錢財，把自己甩在一邊，南山腳就難混了，要找，就得找個和自己有首尾的，日後開了新堂子，兩人勾勾搭搭，扯扯連連，夥穿一條褲兒才好。

一想到這點上，不禁想起鎮梢的寡婦花桃來。

花桃本是縣城裏大戶人家的丫頭，嫁到南山腳沒上兩三年，就掏弄死了丈夫，成了年輕輕的俏寡婦，夫家十分寒薄，只有二畝薄薄的黑淤田，一間東倒西拐的丁頭屋，一丁點兒家當，如何能養活得這麼一個紅嘴白牙、光吃不拿的俏刮女人？花桃沒辦法，只好開了暗門，孤老出出進進，憑下半截兒養活上半截兒。

薛二禿子進過她的門，越想越覺得花桃天生是吃神鬼飯的材料。說去就去，鎮梢見了花桃，拿話頭兒打動她說：「妳年輕輕的人，何苦幹這行？十年日子流水過去，人老珠黃再回頭就晚了。我那姑媽這陣子打算闢堂，要找替身，妳是上選，何不借夢為名，去對答對答！」

花桃尖刺刺的笑起來說：「承你的情，二禿子，誰不知施家大瓦房的小長工狗屎蛋兒是根麥芒子?!妳姑媽三十年的道行，尚且栽得鼻青眼腫，我花桃可沒那種積德！」

薛二禿子說：「花桃，妳可甭不經戰仗就打退堂鼓，天塌下來有我姓薛的頂著！如此這般不大意，萬無一失的！」

花桃吃不住慫恿，想了又想說：「依你罷！只是出道兒是件大事，無論如何要扮得鄭重些！」

兩人談得投契，花桃收拾些洒菜和薛二禿子同吃，把話全商議定了，薛二才動身回去。

不幾天，花桃就生起一場惡病來，兩天兩夜，滴水不沾，穿一身紅毒毒的嫁衣，手抓一把禿頭掃帚，披散著髮，從門裏舞到門外，從街東舞到街西，唱得群鬼束手，鬧得閻王不安。街坊一見，只好請些吃神鬼飯的來，把花桃鎖在街頭的井欄上，搭起法壇驅邪。

先是鐵樹宮裏的何道士施法，焚符唸咒，掐訣拘神，遍天澈地一查，查說是惡鬼附身，在花桃附近畫了天羅地網，要使桃木劍、五雷陣、太上老君符，砍鬼劈鬼，誰知剛近花桃的身，就吃花桃劈胸揪住道袍，一口唾沫吐上道士的臉，左右開弓，刷刷幾個耳刮子，把道冠全打掉了。

何道士五六十歲的人，變得像隻灰鶴，哪裏經得住花桃歪纏亂扯，鼓著腮幫喘叫說：「有……有……有話好說！」

花桃哪肯輕易放手，拿雞一般的拿著何道士的後領，暴風般的舞唱道：「可惡的賊道太喲荒唐！錯把喲仙……家當鬼魂！我家住在黃花的洞，黃花仙姑有名聲！蟠桃喲會上見過西王母！南天門裏也朝過至尊！地仙籍上你查查看，我黃花仙姑的道行深！」

可憐何道士被花桃扯晃得頭暈腦脹，哪還敢施半點威風，只管苦饒說：「小道該死，沒查地仙冊子，得罪仙姑！」

其他的巫婆全是互通聲氣的，一見花桃當眾羞辱了道士，誰不在心底下佩服花桃有本事！又見花桃報出黃花仙姑響噹噹的名號，便一哄而上，做好做歹的勸說：「仙姑大量，就放了他罷！」

花桃不放手，搖著一頭散髮唱道：「我不氣賊道無禮數，氣在那賊道沒眼睛！我下山不為旁的事，要替那董四奶奶找替身，旁人不中我仙姑的意，我看上了花桃這小妖精！她允了罷！要不然，我叫她連年病纏身！賊道他今日開罪了我，我就要他作見證！」

眾巫婆代表何道士求告說：「仙姑在上，我們擔保何道人做見證就是了！」花桃這才鬆手，又唱著，吩咐火急差人去接董四奶奶。

不一會，董四奶奶接到。眾巫婆把花桃如何得病，仙家如何附體，何道人如何驅鬼受辱源源本本一說，薛二禿子又在一邊加油添醬，畫龍點睛渲染一番，直把董四奶奶說得心癢，恨不得馬上就收花桃。

董四奶奶走到井欄邊，再看鐵鍊鎖著的花桃已經昏過去了，遂叫薛二禿子開鎖，把花桃揹回她的丁頭屋去，面上噴水，腳下搧風，才幽幽的吐氣活轉來。淚汪汪的望著董四奶奶，欲擒故縱說：

「說真箇兒，四奶奶。您無論如何求求仙姑，別逼著我這年輕輕的寡婦，自打我家那口兒入土，我避人惟恐避不迭，哪還能拋頭露面？……再說，四奶奶，我不慣做這個……」

董四奶奶一把拉住花桃的手，親熱熱的關顧說：「乖乖，可別說這怠慢話，開罪仙家！她黃花仙姑找到妳，是妳的緣法，脫不了的，莫如跟仙家立約開堂！妳允了罷！」——這是當著人面的說法。背地裏，董四奶奶說：「花桃，我收妳是收妳，施家大瓦房的錢可不是好拿的！我是在狗屎蛋兒那小子手上栽了的！」

「妳放心，四奶奶，」花桃大拍胸膛口說：「我早就打聽過了，莫說他狗屎蛋兒只是一鼻子兩隻眼的凡人，就算他是孫悟空變的，也翻不出如來佛的手心！碰著我，包管替妳出氣就是了！」

董四奶奶嘆口氣，一想那回就寒透了心。當夜著了狗屎蛋兒的謀算不說，第二天，整整吃牛糞餅薰了一天，閉著眼睡不著，弄得滿臉浮腫，餓火掏心，夜晚起來，草草打發了施大奶奶，坐狗屎蛋兒推的手車回家，剛出門，那小子推說車軸斷了，自作主張要換驢！換驢就換驢吧！肥驢不備，單備一匹瘦驢，好歹扯一隻單薄的麻袋墊在驢脊蓋上，剛上路，就沒命使柳木棍直搗驢屁股眼子，搗得那驢邊跑邊打蹶兒，顛得自己尿屎屁流，一路沒喘一口舒心氣，回家大病一場……

「妳放心，四奶奶！」花桃還是那句話：「一切包在我身上。」

麥季過後，董四奶奶正式收了花桃，花桃和黃花仙姑開堂訂約，立了「白虎堂」，著實也熱鬧了一場。

董四奶奶那天去花桃的堂子受禮，多吃了一點葷腥，又喝了幾杯酒，中午心，樹蔭下打盹，吃南塘邊的溫風一吹，回來就生了毛病，喘咳齊來，上吐下瀉，沒等著花桃替她出氣，真正做了一回大關目——「過陰山」去了！

立了新堂的花桃能言會說，更借著董四奶奶的名頭，黃花仙姑的氣勢很快竄紅起來，在南山腳一帶，誰提起花桃，都在底下加上「奶奶」。穿針引線的薛二禿子不用說，成了趾高氣揚的螃蟹，跟花桃奶奶一唱一和，正合上俗話：「巫婆下差，童子還願，兩相配搭，床上見面！」啦。

五

在施大瓦房這方面來說，花桃奶奶開堂立會似乎嫌晚了一點。施大奶奶再慷慨，流進流出的銀錢多少有些盤算，這一年裏，單爲金根兒撒潑的錢，就開了一罈銀洋，又賣去五十畝坡田。

人怕出名豬怕肥，她施大奶奶手指枒裏漏下的，全夠旁人家裏上一堂供，哪個吃鬼飯的不眼紅?!那些常走江湖測字算命的，賣卜打卦的，看陰陽觀風水的，僧道遊方托缽的，繞著大瓦房，走馬燈似的打轉。

進頭門，過二門，花桃奶奶也去湊過數，初出道的巫婆太多了，施大奶奶接得卻記不得，只記得死了的董四奶奶。金根兒自打那場病痊癒，雖說長得不結實，卻也沒生過什麼毛病，施大奶奶算算，手頭一天不如一天寬裕，花起錢來就勒著些了。她花桃神通再大，無風不起浪來，也只好順著溜淌罷了！

「噯，我說薛二！」花桃悶不過，激著薛二說：「她施家不上鈎，你得拿出點主意呀！」

薛二悶悶的摸著沒毛的腦袋，吱著牙朝裏嘶嘶氣說：「這事真真難倒我這主意罐子了！她施大奶奶不是憨子，平白的爲什麼朝咱們頭上撒銀洋？除非……噯，除非……金根兒鬧出毛病來，那才好辦！」

花桃浪聲的笑起來：「你說的倒真妙，麻線頭兒放有八丈長，吊著玩！」

薛二禿子皺著眉毛苦笑說：「沒旁的法兒了，我的姑奶奶，等得了妳也得等，等不了妳也得等！讓我先去踩踩路，扯定網角，妳等著撈魚就是了！」

說也真巧，那年秋天，瓦房家佃放一塊坡田，四處託人招佃戶，薛二禿子就去了。施大奶奶瞅著二禿子的個頭兒就中了意，又看在他跟董四奶奶是近親，一口答允了。薛二禿子絕口不談神鬼，連狗皮鼓也收拾了，一心經營那佃來的田。

既有了主佃這一層關係，薛二禿子就腳心抹油，走動得勤快起來；今兒借麥種，明兒送犁頭，逢著瓦房家有什麼雜碎活，修牆補屋，不用她施大奶奶開腔，薛二禿子自動手，做得有模有樣的。

「噯，二禿兒，」還是施大奶奶提起說：「這晌時你滿閒，別處沒有病家燒豬還願的麼？」

薛二禿子嘆口氣：「這年頭，說實話，誰不見錢眼開?!我薛二禿子可不成。有些人家病了人，本是小毛病，吃不住香頭奶奶一誇張，就花了大錢！請我的人家也不少，有些用不著鋪張的小病，我情願武大郎盤槓子，說幾句『兩頭不夠有』的話，勸他們得省就該省點兒。可不是，大奶奶，我薛二禿子即使少吃無穿，也不貪那不該得的！」

施大奶奶聽了，句句入耳。薛二禿子真不錯，可不是？天下哪有燒豬童子勸病家省錢的？瞅他日子過得清苦，也常施些小恩小惠，叫狗屎蛋兒替二禿子送些升升把把的糧麵。

薛二禿子哪肯受一點兒，脹粗脖子雙手朝外推，見了施大奶奶，把仁義道德寫在臉上，吵架似的說：「什麼話！大奶奶。妳一番好意我心領神受了。以妳大奶奶這般恩德，莫說人，狗也曉得搖尾巴哩！——我能收這些？別讓人把我薛二禿子看扁了，往後妳免破費罷！」

說著說著，又到開春時刻了，無巧不成書，小金根兒剛學走路，迎著過堂風，受了點兒寒涼，施大奶奶不放心，打算吩咐狗屎蛋兒放車去接香頭來瞧看，事經薛二禿子曉得，便打了攔頭板。

「不怕妳見怪，大奶奶！金根兒這點毛病，不算事——我瞧看瞧看就成了！」

薛二禿子看病，不離秘方土法兒，料準金根兒受的是寒涼，便熬些薑湯對付，光是這樣治好毛病，施大奶奶不見得心服，薛二禿子便又錦上添花，耍一套大關刀撵鬼，打一圈螃蟹溜兒驅邪，神欺鬼迷的，居然就把金根兒燒給退了。施大奶奶感激之餘，越發對薛二禿子另眼相看了。

就這麼有來有往的過下去，薛二禿子兩腿扛著一張嘴，直把大瓦房當成家了。施大奶奶不放心旁人，對薛二禿子真是放一百廿個心。

「大奶奶，妳沒拿我當外人，我才說這話。」薛二禿子說：「自從大老爺小老爺相繼過世，天又奪了小老孀兒，這如今，偌大的宅子，全靠妳一個人撐持，妳這把年紀，裏裏外外的操勞，真也夠苦的了！偏生狗屎蛋兒那傻長工，小事幹不好，大事又幹不了！往後，宅上有事，儘管託付我去辦，說不上報答妳，聊盡一片心罷咧。」

也虧薛二禿子有這等忍勁，三言兩語貶駁了狗屎蛋兒，做起施家大瓦房的二當家的來。

施大奶奶心眼裏的路數，薛二禿子摸得一清二楚；施大奶奶心眼裏只有金根兒，薛二禿子整天捧寶似的捧著金根兒，施大奶奶怕金根兒凍著，薛二禿子早就替金根兒穿得暖暖，施大奶奶怕金根兒熱著，薛二禿子早就替金根兒抱到風涼水便的地方；金根兒喜聽唱唱，薛二禿子唱得喉嚨發啞；金根兒愛聽故事，薛二禿子就搜遍枯腸的講，一日兩，兩日三的，金根兒離了薛二禿子就吃不進飯。

既團住了金根兒，薛二禿子就好施展了，話匣子一打開，盡是妖魔鬼怪，金根兒把抓大的娃子，心裏裝滿了那些，白天還管不著，一到夜晚就發呆打楞，半夜三更，大睜兩眼做夢，鬧得施大奶奶整夜守著熬著，熬乾了燈盞。

施大奶奶直心直腸的人，說什麼也不曾想到薛二禿子身上，先以爲金根兒得的是夜啼症，託人寫了大疊黃裱紙的單張兒。「天皇皇，地皇皇，我家有個夜啼郎，過路君子唸七遍，一夜睡到大天光！」寫好了，差狗屎蛋兒到處去張貼，直把牆頭屋角貼遍了，三天過去，金根兒非但沒見好，反而越見沉重起來。

施大奶奶一看不是那回事，又以爲床鋪對著橫樑，使得娃子遭魘了！今天也搬挪，明天也搬挪，那金根兒還是外甥打燈籠——照舊（舅）。照舊還不算，竟說起夢話來，施大奶奶一聽，了不得！金根兒滿口大仙、鬼風、變化……可不是仙家又來作祟了?!

正在施大奶奶慌亂時，施大瓦房的後院裏又出了岔事，常常半夜裏石走沙飛，吱吱鬼哭，油紙窗會陡然嘩啦一聲響，裂開盆口大的洞，彷彿有什麼影子一搖晃，再等老眼昏亂的施大奶奶抬眼去望，除去破了一塊窗紙兒外，只落下睜眼打顫的金根兒了。

臨到急處，施大奶奶真慌了手腳，既是仙家來祟，必得去請巫婆，董四奶奶死了，附近巫婆太多，也不知請誰是好?!好不容易熬到天亮，趕急要狗屎蛋兒請薛二禿子來商量。

薛二禿子方進門，施大奶奶便坐在地上，手抹腳脖兒哭起來，一把鼻涕一把淚，全捏了抹在鞋尖上：「啊呀呀，二禿哥，這倒怎麼是好……金根兒他，原是好好端端的……」施大奶奶三口氣分五口喘，總算把金根兒的病情說了個大概。

「大奶奶，妳別慌，」薛二禿子安慰說：「待我仔細瞧瞧！」說著，撩起衣裳，後院裏站定，嘴裏唸唸有詞，煞有介事的左走三步，右走七步，伸手朝半空抓了一把，放在鼻尖上嗅嗅，抓的是風，嗅的是邪。

「唔，邪，邪！」薛二禿子指著滿院的砂石泥塊說：「妳瞧，大奶奶，這準是仙家見罪，驚了金根兒啦！他是童子目，最易見鬼神的。」

施大奶奶點點頭，薛二禿子說對了她的心路。

「我看，就請各堂各會的奶奶們來，來它一堂大『會差』罷——這兩年，雖說手頭緊，我也顧不得這許多了。只要留得住金根，要不，我還能帶著家產進棺材?!」

薛二禿子皺著眉毛說：

「大奶奶，妳定是急糊塗了，各堂各會的香頭奶奶幾十位，別說許願的錢，單只每位送上三五斗糧食的差費罷，得多少花銷?再說，金根兒落地時，拜的是黃花姑娘胡金花，也只她胡氏仙姑肯出心佑護，其下餘，誰肯臨時出力?」

「嗨!」施太奶奶跺著腳：「董四奶奶堂子封了之後，仙凡相隔路不通……叫我……」

直到這個節骨眼兒上，薛二禿子才提起「東風」來：

「妳敢情忘了?大奶奶。董四奶奶我那姑媽死前就找了替身，南塘邊的花桃奶奶，前年春後開的『白虎堂』供的就是黃花仙姑胡金花。啊!花桃奶奶真是盡得我姑媽的真傳，不用說『過陰山』『昇天界』諸大關目樣樣行得，單憑那張嘴，也說得王母娘娘心動，玉皇大帝垂憐，又練就一雙『陰陽眼』，大白天也能觀神察鬼，聽說開堂才兩年，就替別人下了百十堂大差，真是人到病除，進了棺材的全拉得轉來！」

二禿子潑潑拉拉的把花桃說得神仙一般，說完了，捌起小煙袋桿兒，拔腳就走，臨走時，卻又丟下兩句沒骨沒刺的話來：「我只是爲妳才說這番話，花桃奶奶跟我是沒親沒故，請不請，妳再酌量罷！」

「那……那……」施大奶奶急得舌頭打轉叫說：「二禿哥！這就煩你叫一聲狗屎蛋兒來，十萬火急去接花桃奶奶罷！」

薛二禿子眼一瞇，心像熨斗燙過似的那麼舒坦——誰說只有諸葛亮能借「東風」？

六

狗屎蛋兒正在牛棚裏抱著狗睡覺，吃薛二禿子踢醒了，揉著兩眼，迷迷盹盹進屋，劈頭就聽施大奶奶叫他放車去接花桃，不由把瞌睡全沖醒了，一股勁朝天翻眼。

花桃只有一個，不錯，南塘邊的那個寡婦。自家趕集常打她門前過，她常嘴咬著指甲，倚在門口賣俏！街頭的茶樓酒肆，誰蹲下來不把她說得稀花爛！花桃那隻放騷的狐狸，屁股圓圓，奶包鼓鼓的，斜臉望人，兩眼出火，什麼周正貨色?!她當香頭，立堂子，是個出色的「大耍家」（註：意指專門開口討大錢的專家）！若不是金根兒活厭煩了，想喝閻老西的馬虎湯，就是她大奶奶耳根子軟，鬼迷心竅，上了鬼話劉基的薛二禿子的大當！要不然，怎會請她?!

施大奶奶急得沒處抓撈，怎看得慣狗屎蛋兒那股磨叨勁兒，頓著拐棍頭罵說：「你斷了腿怎的?還不快去接人！」

狗屎蛋兒不會轉彎兒，直楞登的說：「大奶奶，金根兒若真有毛病，我看，妳還是去請旁人好！請白石橋老顧先生來，準沒錯！人家掛牌行醫大半輩兒了，所看的病家，從沒做過棺材鋪的生意。」

「你，你?你！你?!……放屁！」施大奶奶急得虛火上昇，兩腿一軟，便跌坐在椅子上，喘半晌才說：「我把你這雜種狗X的！一棍砸扁了也不稱心！還提老顧先生！老顧先生！我要請他換寫靈牌怎的！」

狗屎蛋兒兩手一攤，白眼望人說：「好，管妳碗，伏妳管，就依妳的話，大奶奶，有句話我可要說在前頭——金根兒日後要有好歹，放了炮仗（註：北方迷信傳說，未滿十二歲的兒童夭折，放炮竹一枚，可以驅邪，後因襲成規，若謂某家兒童「放了炮仗」，即意指夭亡。），可不是我狗屎蛋兒咒的。」說完話，緊一緊腰肚兒（註：腰帶之一種，帆布製成，前寬後窄，北方常見之。），也不管施大奶奶氣得一佛出世，二佛昇天，一步三搖頭，逕自推車出門去了。

狗屎蛋兒剛上路，薛二禿子早到花桃房裏啦。

「網角吊好啦！姑奶奶！妳趕緊收拾了去撈魚罷！妳聽，那邊車軸吱吱響，可不是狗屎蛋兒那小子上門了！」

「有你的，薛二，害得我苦等兩年，還虧你說得出口。」花桃說：「你不妨再看看我，一進門就服得她施大奶奶鑽蹄貼耳，快，帳幔裏邊躲一躲，狗屎蛋兒到啦。」

狗屎蛋兒一到，三句話不說，花桃奶奶走馬上車，直奔施家大瓦房。一進門，施大奶奶就像窮鬼接得財神爺一般，忙不迭的張羅。

花桃奶奶全攔阻了，開宗明義第一章：「看病要緊，大奶奶，我可不是俗傳的『香頭奶奶鮎魚嘴，終年不斷淌口水』，專來尋吃尋喝的人！」

單憑這句開場白，就使施大奶奶打頭到腳服了她。花桃奶奶一屈手臂，緊緊的掐起一個訣，飄風一般穿堂走道，跟施大奶奶說：「我這是要暗訪鬼，明拜神，就煩妳大開門戶罷。」

施大奶奶一聽，急忙吩咐狗屎蛋兒前前後後開門，小腳踹踹倒倒跟著巫婆跑，那花桃奶奶方至後室，呵欠一打，就打出一場驚天動地的潑風暴雨來，比董四奶奶更加凌厲萬分了。

花桃奶奶踏著旋風一般的翻花碎步，舞得恍似九天魔女，左手提著七節鞭，右手擎著三聯磬，手腕腳踝上響著鬧鈴，曼舒喉頭唱道：

「我一拜如來神中的佛，二拜玉帝他佛中哟皇！三拜那十八層天上的菩薩天仙星君元帥真人和神將，四拜他八層地獄輪迴的地藏閻羅判官執事鬼王鬼卒馬面牛頭，還有那黑白兩個無常……我五嶽名山的散仙地仙都拜過，再拜那東南西北四海的海龍王……差役她沒通凡塵的訊，金根兒染病我心慌！」

獅子口，大氣魄，花桃奶奶這一唱，更唱出了黃花仙姑廣大的神通。施大奶奶急忙在一旁接口說：「多謝仙家如此費心勞神，爲妳乾孫兒一點小病，遍天澈地的辛苦，這就請查看金根兒的病源罷。」

「我說回轉來就回喲……轉，查看那金根兒病源落何喲方。呵——欠——哦……」花桃奶奶花紅裙裾搖起千層波浪，變出一種尖拔的彷彿能掀塌屋脊的吭聲唱下去，尾音帶著動人的顫索：「頭一件，還怪你施家老幼早先不信神和鬼，苦掙來銀錢沒經財神點，你凡夫俗子就妄想把它藏……」花桃奶奶一開頭就單刀直入，點上了本題：「第二件，還怪你瓦房宅子沒蓋好，虎嘴龍頭犯天律，瘟神常睡你家的床！最不該，山坡上你把宅子造——前屋馱著後屋的樑，前屋猶如當家主，怎吃住後屋沉沉壓頂樑，金根兒不是病在旁的上，泥丸喲封頂他病唷昏……昏……」

施大奶奶搗蒜般的叩頭，恍然大悟似的想起來，幾年前風水先生就提過：前屋馱後屋，三年哭一哭！當時沒捨得拆，這好？果然犯著金根兒了！便咬著牙說：「仙家開恩，既然屋子犯忌，求仙家下示罷！單求能留塊遮風擋雨的地方給我祖孫倆棲身，就……夠……了……」

「房子不拆要妳金根！要留金根兒妳就不保房！」仙家只給兩條路走，聽憑施大奶奶挑選。

可憐施大奶奶一聽，三魂嚇走了二魂，額角上汗珠沁有黃豆大，急忙朝地上砰砰叩頭說：「留！金，根！我，留，金根！仙家！」

「房子要從後朝前拆！」仙家下示斬釘截鐵：「一進一進全要拆精光！」忽而又開恩似的兜轉一句：「單留前屋和東西兩廂房。」

施大奶奶在昏迷中喘出一口氣——到底仙家寬大，還給留下一進三合頭，人口少，夠住的了。

「磚瓦木料不准動，全留著修蓋白虎堂！」花桃奶奶費力的唱出這兩句，白生生的臉不禁泛紅，音調也有些忸怩，急忙解釋道：「並非我仙家還貪凡間物，委實是天命不敢搪……金根兒既是我乾孫子，我就該拋卻雲遊住一方……」

「謝過仙家！」施大奶奶無限感激的說。

花桃奶奶點過了大題目，舞跳得越發輕鬆了，七節鞭有節奏的劃著弧，擊在三聯磬上，盪出金屬的餘音，她應和著唱道：

「白虎堂上受香火，斷了香煙我慌……忙，七月十九黃道日裏要打基，八月十九黃道日裏要上樑，日子務必記清楚，我保佑妳金根兒福壽喲……長！」

「記著啦，仙家。」

花桃奶奶步法一變，緊接著唱到小題目上了：

「她花桃奶奶是我頭名頭號大管堂，妳施氏門中散財消災全要靠她去喲……奔忙……妳南倉房要散三缸玉蜀黍，北倉房要散三擔八斗好高粱……頭號甕，小麥要散它四擔五，它二號甕大麥要散五擔零三升……糧食要撥給花桃奶奶去經營，好讓她掐指數數散給窮人！」

施大奶奶一划算，南北二倉的存糧，可不正是這個數兒，仙家怕連麥粒兒全使神算法數了，要不然會算得這麼清楚?!可憐這一來，兩季餘糧全被挖空啦。

花桃奶奶按薛二禿子的數，一口氣挖了糧食，心猶不足，順便帶到別的上頭，唱道：「妳小南屋，樑頭上掛的風雞臘肉跟火腿，散給花桃奶奶用飯搭搭嘴罷！」

「是了，仙家！」施大奶奶說：「我是早不動葷腥了，那些原留給金根兒下飯的，哪吃得了那麼多，等一歇兒，叫狗屎蛋兒架梯子取下來，給花桃奶奶送去就是了。」

花桃奶奶背轉身又唱道：「妳房頭還有半疋花洋布喲！拿給那花桃奶奶做套新褂褲罷！」

「行！行！」施大奶奶一口應說：「我就去拿來，真是呀，那半疋布本是扯來做門簾的，壓在床頭大半年了，金根兒這一病，我哪來心腸端針線扁？要不是仙家妳提起，我真是忘了……」

施大奶奶剛要去取布，花桃奶奶又唱道：「妳磁鼓兒裏還有半斤冰糖焙著的大棗子肉喲！順便捎給她花桃奶奶壓咳嗽罷！」

說真箇兒的，她施大奶奶旁的全離得開，冰糖焙大棗是離不開的，老年人，喉管常塞著，全靠它化痰，一聽仙家連那個也要拿著送人情，著實捨不得；又想想，既然仙家開了口，若不答應，仙家她摘下臉來朝哪兒掛去？便也允了。

花桃奶奶唱這唱那，唱什麼施大奶奶允什麼，唱到末了，帶上一筆燒豬還願的事，自自然然的點出薛二禿子來，頭水自己撈了，要他撈撈二水！

燒豬還願的日子定在七月初一，花桃奶奶早就選定豬棚裏那隻白毛大肥豬了。

七

轉眼到了六月底，施家大瓦房忙碌起來。爲了還願的事，花桃奶奶下了一趟差，說是金根兒祿馬歪斜，搖搖欲倒，須要童子們跑關攙扶；一口氣背出一大堆跑關的用具：八仙桌子五大張，太帥椅子五十把，棗木長凳十三條，晒簿四付（**註：晒簿，狀如大蓆，質甚硬，北方農家用以晒物。**）紅布兩疋，麵揑的小豬五百隻，柳斗，剪刀，秤，紙旗兒，鐵鏟頭（註：除草的農具之一），火盆，木柴備用。不用說，張羅用具的差使，一股腦兒落在小長工狗屎蛋兒的頭上了。

狗屎蛋兒扳著指頭數算，只一天一夜的工夫就要備齊這許多東西，分明是存心捉弄人，可恨花桃那婊子借著施大奶奶行使號令，儘管滿心不受用，也得捏著鼻子照辦，不准哼哼！

卅那天張羅一整天，真箇是花桃奶奶歪歪嘴，狗屎蛋兒跑斷腿，用具備妥了，花桃奶奶又支配狗屎蛋兒說：

「益發辛苦你，狗屎蛋兒哥！喏，八仙桌子麥場中央壘，四張在下，一張在上，頂上放張太師椅兒，椅前放笆斗，笆斗裏盛糧，糧心裏插剪刀、秤，斗邊兒上分插上黃旗十二面，旗外預備七盞燈……這算是法壇。其餘七七四十九張太師椅子，一律背朝外，繞著法壇轉一圈兒；東西南北四個關，豎起晒簿當城牆，棗木長凳十三條，搭成七彎八拐的奈何橋，禾木兩根一丈八，左右分豎，好掛神旛，火盆木柴放一邊，好讓薛二禿子烘鼓，燒鐵鏟頭行法！」

嚕嚕囌囌交代完了，嚷著身子乏，施大奶奶便叫：「狗屎蛋兒且慢忙，先送花桃奶奶回去歇歇。」花桃臨上陣，施大奶奶又塞些吃食，花桃奶奶揣了一腰，像匹帶肚子的草驢。

狗屎蛋兒送了花桃奶奶回來，天已斷黑了，氣也沒歇，施大奶奶就催叫他馬不停蹄的壘關搭橋。逢著月頭黑，麥場邊的柳樹梢上吊著一盞燈籠，狗屎蛋兒脫了小褂兒，大赤著胳膊獨幹夜活，直累得歪頭齃頸，渾身潑汗。公道不公道？只有天知道！狗屎蛋兒抬頭去望天，墨沉沉的，只有幾顆芝麻粒兒的星顆子，在遙遙的眨眼。

「花桃花桃，妳這臭婊子！」狗屎蛋兒心裏話：「妳光說不動出張嘴，累我狗屎蛋兒的兩條腿！跑斷我的腿，倒便宜了妳的嘴?!天下有這等便宜事？嗯?!——妳花桃奶奶大耍家，獅子大開口，哄騙俱來，她施大奶奶鬼迷心竅，聽妳花言巧言，放著金根兒命不管倒也罷了！爲何找我狗屎蛋兒的麻煩！」

巡更的梆子讀讀的響過去了。

狗屎蛋兒佈好了法壇埋旗桿，旗桿一丈八尺高，一個人費了吃奶的勁頭兒才豎起來，塡實了土，天到大五更了，狗屎蛋兒扯下肩上的汗巾抹把臉，熬了一夜，只覺滿腦子沉甸甸的，一肚子悶氣。

憋至麥場邊，躺在草堆腳旁歇歇勁，破曉前的露水涼涼的落，幾顆芝麻粒子星還在眨眼，四野全是蟲叫聲，月牙兒瘦得像把鐮刀，傻白的，紙剪似的貼在柳樹梢上，慢慢朝上升，朝上升，隔天一道光，越來越淡了，狗屎蛋兒的眼皮兒卻慢慢朝下掉，朝下掉，心裏還響著打鼓似的聲音：不公道！不公道！

那邊來了一隻狗，狗屎蛋兒喚來摟著牠，昏昏盹盹的就睡著了。正睡得沉酣，屁股上挨人一腳又踢醒了，揉開眼來一看，原來是薛二禿子，狗屎蛋兒不耐煩，咕嚕說：「你讓我歇歇吧呀，薛二爺，熬夜幹活差點沒把人給累殺！」

薛二禿子嘿嘿笑說：「太陽樹頭高啦！等著豎神旛，到處找不著你這幫閒打雜的，施大奶奶動火啦！你還上什麼虎邱山?!」又酸吞吞的說：「打起精神來罷，等會兒行法時，揹雙馬兒（**註：雙馬兒，帆布做成，兩頭有袋，用以盛錢物，北方人常搭在肩上趕路。**），散法餅，抛麵豬，軋木屐（**註：木屐，使木板作成鞋形，雨天綁於鞋底，用以防污水污泥。**），肩雨傘，馱命童（**註：巫家術語，指生病的兒童**），全是你的差使——。別沒精打采的像誰欠你二百錢，你自小吃施家飯長大的，施家沒虧待過你！我說這話，好比老夫妻行房——直來直去！你可別怪。」

狗屎蛋兒叫搶白得兩眼直眨，心想：我的兒！薛二，你也竟是尾巴上帶刺毒傢伙！跟那婊子花桃夥穿一條褲兒的。一憋氣，惩話不說了，咱們是老公公爬兒媳，悶幹到底。除非抓不著你們的把柄，算我狗屎蛋兒倒楣！

這麼一轉念，狗屎蛋兒真打起精神來了！緊一緊腰肚兒，脫去鞋子，嘴含旛捲兒去爬旗桿。樹好爬，旗桿難爬，光禿禿的禾木一丈八，沒一處能留得住腳的，狗屎蛋兒好不容易爬至桿頂，掛了神旛，那旛捲見風一吹，潑刺刺展有六尺多長，黑底白字，一路長符，活像兩條巨大的黑蜈蚣。

按照巫家的規矩，一升神旛，祭典就開始了，遠近幾里路，誰都望見那兩面招展的黑旛，施家設有流水席，又散法餅，拋麵豬，娃子們吃了辟邪氣，大夥兒一見旛起，全都扶老攜幼的備份香燭去湊熱鬧。不多一會兒，村前村後的路頭上，成群結隊都是人，流水似的淌向施家大瓦房來了。

這時候，祭典的頭一宗例行儀式——烤鼓，開始了。偌大的三腳銅盆中燒起旺火，八個精壯的巫童，一律露出半邊肩膀，單手旋弄著鼓棒，飛也似的繞著火燄兜起圈子來，一面將帶柄的單面手鼓在火面上搖晃，搖一次，敲兩聲，以試鼓面繃緊的程度。

突然間，領頭的巫童薛二禿子雙腳使勁一點，整個身體橫空耍一個平旋，在火燄上轉了一圈，同時雙手反繞在背上，人在半空中擊了一聲鼓，再落進隊中去，變奔跑的步姿爲一種瘋狂的躍舞，所有的巫童全跟著鼓聲那樣舞躍起來。挨擠的人群裏不斷迸出采聲，和急速的鼓聲捲在一起，使那有節奏的舞躍更見瘋狂。

鼓點子翻著花，得弄弄冬，得弄弄冬、得弄弄得弄冬，弄冬冬，在鼓聲乍停欲起之際，鼓邊鐵環上所繫的數百隻小鬧鈴，全在巫童們手腕熟練的搖盪中，發出輕快悅耳的金屬的喧嘩，勒勒啷，勒勒勒勒啷，啷啷勒啷，勒勒啷，巫童們在薛二禿子帶領下，打著空心筋斗，從火頭上翻來跳去，滾至熱鬧處，直分不清鼓聲鈴鬧，火頭上不斷的閃動著雙腳朝天的人影。

忽地，人頭上撐開一把黑洋傘；人群潮水分開，爭著傳告說：「那不是觀風望陣的正經主兒花桃奶奶來了！」

撐傘的花桃閒閒雅雅的走進來，活鮮鮮的打扮直能朝下滴，頭梳兩個燒餅大的扒角髻，腦前腦後遍插絨花球，又描眉，又畫眼，兩隻腮幫塗著胭脂，貓咬一般的紅；她上身穿一件月白綾子的盤花襖，下身配的是火燒百褶大紅裙，手裏捏著鵝毛小扇，扇柄裹著一條花汗帕，帕上遍潤花露水，人到哪裏香到哪裏。

花桃奶奶一到，就吩咐狗屎蛋兒抬供桌，獻上全供，焚香點蠟之後，又跟狗屎蛋兒說：「諸般供品全有了，單差一隻施法用的活雞。就煩你罩一隻半斤不多，八兩不少的童子雞來罷。」

狗屎蛋兒一想，好！又是一個難題目！便說：「雞上窩時妳不交代，大白天叫我抓雞！我眼裏沒有帶秤，曉得哪一隻是半斤不多八兩不少的童子雞？」

「瞧你那嚕嗦勁！」施大奶奶插口罵說：「就抓那隻錦毛禿尾的小公雞罷呀！——沒開叫不會彈氄就是童子雞，這也不懂？」

狗屎蛋兒沒精打采的拿了罩子去抓雞，長翅膀的家禽哪那麼好抓得的？雞罩兒沒落地，牠早一翅飛開了！狗屎蛋兒抓得心急，東一罩，西一罩，抓得雞飛狗跳，前後抓有頓把飯的功夫才抓到手，屁股還沒沾板凳，花桃奶奶又叫了：

「狗屎蛋兒哥，過來讓我搭搭腳。」

花桃奶奶上法壇去，要狗屎蛋兒半蹲著，使肩膀當腳凳兒。上了法壇又說道：「狗屎蛋兒哥，等著別亂走，有事時我好託付你去辦；日頭出後，天恁的悶熱，就煩你幫我撐傘罷！」

狗屎蛋兒無可奈何，只好站在法壇上歪歪的撐著傘，花桃奶奶在傘蔭下迎風坐，翹起腿，閒閒的打著鵝毛扇兒，狗屎蛋兒卻光著腦袋，直楞楞的晒太陽。

獻上全供，天到傍午時了，巫童們坐到布篷下的茶桌邊，繞著圈兒輪流擊鼓，唱戲酬神。首先由薛二禿子響鼓唱兩句開場，然後順序接替，每個巫童唱它三、五、七句不等。一圈輪過，薛二禿子粗聲唱道：「我今朝喲……奉了……仙姑的令喲！」

下一名急忙接口唱：「巫童們就跑馬上喲仙山！」

「仙山它浮在那……東洋海喲！」另一名晃動鼓面。

再下一名伸長頸項吼道：「巫童們就飄洋渡海去拜喲……仙哪……人！」

鈴聲一振，全體巫童都站起身和應道：「他拜喲拜唷……仙哪……人！」

酬神戲一直唱下去，不飲不食的唱過了晌午，施大奶奶看薛二禿子那麼賣勁，說是不破關，不跑完金根兒的祿馬決不停息，急忙吩咐人就在茶桌上端上油酥餅，另加八格八扇大傳盒，裝滿細緻的點心吃食，花桃奶奶那邊，不用說也送上一份，苦只苦了撐傘的狗屎蛋兒，大概施大奶奶過份勞累，把他給忘了，走又走不脫，只有挨餓。

薛二禿子一見吃食送到，好比饞貓嗅著魚腥，哪管三七廿一，把抓口噉，邊唱邊吃，吃食進嘴，好像豬八戒吃人參果，眼一翻，喉一跳，脖子一伸，整吞活嚥就下了肚。

恰當薛二禿子嘴裏塞滿時，一圈唱完，該他開腔，誰知嚥得太急，吃食卡住喉嚨，噎住了，哪還開得腔，急得搖頭晃腦的去抓茶壺，嘓了幾口，又怕被人看破，便拚命的擂鼓，含糊補唱兩句說：「千里，萬里那迢迢的……路喲！難怪我口又渴來嘴又乾……」

時辰在鼓響鈴鬧聲裏慢慢的捱過去，天頂的日頭像把火，旺毒毒的在人頭上燒烤著，四野的樹梢一些兒不動，連知了也不肯叫了！狗屎蛋兒只覺得脊梁上汗淌得和蟲爬似的，白小褂兒黏在身上；布篷下正開著流水席，人來人往，沒人望自己一眼；燒豬還願的關目要行三天整，這才頭一天，花桃和薛二就把人恁般磨折，若照這樣，三天下去，怕不把我狗屎蛋兒磨躺了麼？狗屎蛋兒肚腸餓得咕咕叫，光放空心屁，顛顛倒倒的盤算著，使舌頭舐著嘴唇。

日頭甩了西，酬神戲才收場，接著開始跑大關。

巫童們卸下上衣，單穿一條黑棍褲，攔腰緊束著猩紅腰帶，腳蹬薄底虎頭鞋，擂鼓登場，薛二禿子這才招呼狗屎蛋兒說：「夥計哎！煩把命童請出來罷，順便把那邊的法具捎上，跟著跑關罷！」

狗屎蛋兒就是鐵打的，跑一天，熬一夜，餓了兩餐，不用說跑關，就是站著不動，也覺頭重腳輕了。揹了金根兒出來不說，薛二禿子又把他當驢備，替他左肩搭上雙馬兒，前囊裝法餅，後囊塞麵豬，左肩上揹著木屐和傘，胸前掛著那隻錦毛禿尾的小公雞，連兩隻手也不讓他閒著，要他平端一隻頭號的篩子。

巫童們跑大關是很瘋狂的，撥動鼓擂兒狠擂著狗皮鼓，繞著法壇外的椅圈飛旋疾轉，鼓聲頓落，薛二禿子虎吼般的唱道：「跑東關來喲！到那西關……關關的神將喲，那威武不等喲……閒！東邊喲站定了神槍岳大帥，那西邊又站著黑、虎它……趙喲……玄壇！」

第二個巫童鼓打出插花點子：得弄弄冬，得弄冬，得弄弄得弄弄，弄冬冬！

第三個巫童緊跟著接唱：「跑南那門來！到喲北那！門唷……關王爺他威風凜凜貌若天神，關平和周倉兩邊分站，青龍，它偃月……亮喲……晶晶……楊二郎他牽著神獒犬，不擋那仙家……它擋凡人……」

東南西北四關唱下來，少說也轉了百十來圈了，巫童們吃得飽，睡得足，空著兩手自不覺著，狗屎蛋兒可不能再撐，背上的金根兒越來越重，山一樣的壓著他，木屐和雨傘老打著屁股戳著腳跟，小公雞撲動翅膀，亂飛亂掙，雙馬子裏的麵餅潑灑了一地。

跑關跑到熱鬧處，太陽落下去了，繞著麥場，亮起好些燈籠，狗屎蛋兒跑著跑著，忽見眼前燈籠齊晃，迎面刮過一陣涼風，一盆水似的把人澆得清醒了。

這當口，法壇上的花桃見巫童被神將擋住，不得進關，便惶急的站起身，繞著笆斗踏起七巧步兒，嘴裏唸唸有詞，猛可的探手拔下斗邊一面小黃旗，扔落壇外說：

「奉黃花仙姑勅令，令巫童薛二施法破關，拱祿馬點命燈。」

一聲令下，薛二禿子果然變成另一個人，喝！渾身篩糠大抖，胸脯一綹黑毛起伏不停，一聲怪吼道：「星君入體！助我破關！」撒手扔了狗皮鼓，潑剌剌的打起空心筋斗來，前翻，後翻，左翻，右翻，嚇得那許多看熱鬧的個個縮著脖子，連大氣都不敢喘。

緊跟著，八個巫童歪斜衝倒的抬過一張生鐵的大關刀來，薛二禿子一把抓了，旋風疾走，耍了一套眾人不識的刀法，然後直闖過去，手起刀落，劈關而入。

狗屎蛋兒滿以為進關後，點亮命燈，今天關目就完了，誰知薛二禿子可不那麼輕鬆的饒過他，竟領著巫童和命童鑽桌肚兒，唱起「破關」的戲文來，別的巫童空手好鑽，卻害得狗屎蛋兒蹲又不能蹲，爬又不能爬，只好跪著拖挪！

一場「破關」的戲文唱完，狗屎蛋兒膝頭已磨得血漓漓的了，薛二禿子這才去點命燈。七盞命燈點亮了，狗屎蛋兒心想：這該完了罷？便問薛二禿子說：「噯，薛二爺，你這些關目難道要做一夜麼？」

薛二禿子眼一翻說：「咦?!你問得真奇！狗屎蛋兒哥，你精壯得像條牛犢兒似的，累不到哪兒……先過九九八十一遍奈何橋罷。」

狗屎蛋兒本已轉得頭昏眼花，哪還吃得住過「奈何橋」，揹著金根兒一趟一趟的走在棗木長凳上，兩耳嗡嗡響，滿眼飛著金蒼蠅；有幾回真要栽下去，忽然念及背上的金根兒，死命的咬牙忍住了；好容易捱著過完奈何橋，薛二禿子又換了新花樣。

「拿雞來！我好行法！」

狗屎蛋兒送過雞，薛二禿子吱牙咧齒，含住雞頭，就聽喀嚓一聲，那雞亂搧翅膀，雞頭已自落在地上。薛二禿子一口氣吸盡雞腔噴出的鮮血，全噴在命童金根兒的臉上，緊接著，一個巫童取來醋瓶，薛二禿子含了一口苦醋，另一個巫童使鐵鉗子在熊熊火炭中夾出燒紅的鏵頭，薛二禿子一口啣了！熱鐵一見苦醋，發出嗞嗞怪響，隨風飄出一股嗆人的氣味。

薛二禿子招手吩咐狗屎蛋兒跟著他跑，兩人像繞燈旋舞的蛾蟲一般，整整繞著施家大瓦房跑了三圈，狗屎蛋兒歪歪墜墜的跟著，呼呼牛喘，跑到最後，忽覺眼前一黑，剎那間天也旋地也轉，就啥什麼也不知道了！

八

也不知躺了多麼久？咚咚的鼓響又把狗屎蛋兒驚醒了，太陽從牛棚的隙縫間射進來，一塊塊圓圓的黃光像剛出爐的燒餅。

我怎麼會躺在這兒？狗屎蛋兒晃晃腦袋，想起昨夜的事來。一場渾渾噩噩的夢！可不是？天旋地轉那一跤，施大奶奶的驚叫，金根兒的嚎啕，都在黑山黑浪上響著，這一回和邪鬥兒鬥法，算是輸定了！

老顧先生的聲音在耳邊響起來：「算啦罷，狗屎蛋兒，眾人都信『邪』，你一人信『正』，『正』也變成『邪』了！……我開了大半生的中藥鋪，憑良心治病，今年打藥明年付賬，也沒幾個人上門！偏他香頭巫童大紅大紫！……香灰巫鈴狗皮鼓若真能治病，我早就關門砸匾不幹這一行了！咱們只求問心無愧，可也甭想三天兩日就拉倒那邪門兒，那玩意哄人只哄在一時，到眾人不信時，它自會敗的。」

狗屎蛋兒忽然悲哀起來，抓不著撈不著，一種無邊無際的悲哀，不錯，他老顧先生說的是真，等著熬著，牙也等落了，髮也等脫了，哪一天入了土，邪門兒興也罷，敗也罷，他一輩子過去，再也看不到了！我狗屎蛋兒吃施家這碗飯，總不能見死不救，眼睜睜看著花桃薛二騎在人頭上拉屎！

那邊傳來唔昂唔昂的驢叫，有人在棚口的狗刮兒樹上拴牲口，狗屎蛋兒正想問聲是誰，老顧先生已推門進來了。

「大早聽說你暈倒，」老顧先生說：「我趕急就來了。——你自覺怎麼樣？」

狗屎蛋兒乾笑笑：「不怎麼的，只覺有些虛軟。我是著了花桃和薛二的道兒了！」

鼓聲在那邊響著……

老顧先生點點頭說：「我料想得到，他們要設法兒磨難你。你聽這鼓聲，他們今兒是捉鬼清宅，明兒是跳神了願，七月初三關目行完，包工就要上門拆屋去修白虎堂了！」

「您……您……您說拆屋?!」狗屎蛋兒勒起拳叫道。

「嗯，聽我說，」老顧先生說：「聽我說，狗屎蛋兒，這是一場大騙局，他們借金根兒毛病爲由，打算謀財奪產！要緊關頭怕人點破，不把你謀倒下來行麼？」

老顧先生手捂胸口咳了一陣，又說：「他們先是支東使西耗你的勁，然後叫你馱金根兒，這叫『借刀殺人』！就爲那一跤，摔破了金根兒額頭，施大奶奶已打算把你辭了！」

「把我辭了?!」狗屎蛋兒伸長頸子，眼都圓了：「他大奶奶竟打算把我辭了?!」

老顧先生噓口氣，緩緩說：「也別難受！狗屎蛋兒，你且靜心歇著，他施家容不得你，你就到我鋪裏去幫忙罷，學學抓藥救人，別再專鬥邪門了。」

老顧先生走後，狗屎蛋兒又發了鬱鬱魘魘的老毛病，自言自語的說一陣，笑一陣，又哭一陣。

想起包工要來拆宅子，心像驢踢似的難受，施家大瓦房雖說不是自己的家產，自己可也走進走出這多年，萬不能任花桃跟薛二禿子把它騙走！想著想著，又昏昏糊糊的睏了一覺，再睜開眼，天早已黑了，涼月牙子穿雲走，梭似的朝下滑。打起精神站起來，推門出去，試著走走，兩腿餓得發軟。挨到井欄邊，扳動滑轆打水，端起半桶牛飲一陣，把剩下的掬了沖沖臉，推開竹籬門，到東園裏摘了幾個香瓜，連皮帶子吃了。吃了瓜，精神彷彿好些，便坐在石滾兒上望月亮。

「趕明兒，捲起狗皮捲兒，到白石橋顧家藥鋪去罷，狗屎蛋兒，你是小猴摟著雜七嫂，窩窩囊囊的鱉十（註：牌九中，小猴配雜七是最晦氣的點子，見牌皆輸。）！好像有誰貼著耳根嘲笑。

「不成！狗屎蛋兒！」另一種聲音又在聳弄了：「她花桃奶奶跟薛二禿子眉來眼去，說不定背地裏有勾搭，此時抓不著把柄，再想抓可就晚了！」

猛可地，狗屎蛋兒一拍大腿，忽楞跳起來，緊緊肚兜兒。「走！」狗屎蛋兒衝著自己說：「她花桃住在南塘邊，多說不過五里地，莫若趁夜去聽聽壁根兒！要是她跟薛二有首尾……嘿嘿……」

撲路去南塘，月光黯黯的，四野朦朧，只現出白糊糊的路影子。若在往常，三五里地還經得狗屎蛋兒動腳，邁步不消頓飯的功夫！今夜可不成，一腳高，一腳低，走來划划遙遙，涼風兜得狗屎蛋兒東歪西晃。

走到南塘邊，月牙落下去了，約莫是初更的光景，狗屎蛋兒撥開灌木望過去，就見花桃家窗口還隱隱的射出燈火亮，顯見花桃還沒睡。

狗屎蛋兒不敢冒失，悄悄的躡著腳，從灌木行子的邊兒上繞至丁頭屋後邊，慢慢貼了過去。剛挨近油紙窗，就聽見房裏有人說話。狗屎蛋兒一聽就樂了，那不是薛二是誰！

「喝呀！」花桃的嗓子：「你這借東風的薛二！」

「唔……呃……」薛二禿了粗笑嚎笑著：「我喝！我喝……嘿嘿嘿，我也不枉裝狐作鬼，嚇了金根兒一場——妳嚐施家的這罐酒，我敢打賭，少說窖有十年，這等的陰醇勁兒！」

狗屎蛋兒點點頭，心裏話，行！紙總是紙，永也包不住火的。且聽你兩個再說什麼！誰知房裏兩個光忙著塞嘴，再也不講了。

等了大半晌，等急了，伸出舌尖舐去豆粒大一塊窗紙，朝裏一望，但見靠窗的桌子上杯盤狼藉，薛二禿子的黑裩褲和花桃的火燒百褶裙一道兒扔在床前的榻板上，白紗帳放下來，兩隻帳鉤兒無風自動，也不知兩人在裏頭幹什麼把戲。

停一歇，女的喘著顫著說：「你那姑媽，真不濟！怎會栽在狗屎蛋兒那傻瓜手裏？只有我這如來佛，降得住他孫悟空！」

「佩服！佩服！」男的咿咿唔唔的，還像貪吃東西噎住一般：「妳的主意若不靈，我怎會『借刀殺人』，玩那小子一個倒栽蔥，打破他的飯碗！」

「薛二！」狗屎蛋兒暗暗的說：「咱們騎驢看唱本兒——走著瞧罷！」

三更天，狗屎蛋兒得了手，折根樹枝兒，挑著花桃奶奶的紅綾抹胸，褲腰帶，滿幫花的繡鞋，外加薛二禿子的上下衣裳，學的是黑道上幹小手的法兒（註：小手，黑道上的切語，意即小偷。）窗戶底下掏個笆斗的大窟窿，倒著身子進去，順著身子出來（註：這種進出的方式，是挖穴小賊的規矩。），一路上哼著小曲兒回到牛棚。

旁的先不管，狗屎蛋兒想：覺得補它一場覺！

九

正當跳神了願的大關口，花桃奶奶和薛二禿子卻誤了時刻。施大奶奶從天泛魚肚白等起，等到太陽樹頭高，還不見人來，心裏一急，只好又吆喝起狗屎蛋兒來，說：「你火急備驢去一趟白虎堂，去瞧瞧花桃奶奶怎麼了！」

狗屎蛋兒放驢到南塘，正遇著花桃開門。花桃亂髮蓬鬆，胡亂穿套衣裳撞出來，瞅見狗屎蛋兒，口捂胸口退一步，故作鎮靜的放下笑臉說：「唷，我猜準是大奶奶等急了，真是不巧，我昨夜招了賊！早起看見賊窟窿，正忙著查點東西呢！……狗屎蛋兒哥！屋裏坐罷！」

狗屎蛋兒邁步進屋，且不落坐，儘瞅窗下那個賊窟窿，自言自語說：「好個大膽包天的賊！竟敢認著神通廣大的花桃奶奶做小手！除非……唔，喝了『窨了十年的陳酒』、『陰醇勁兒足』，醉迷糊了！要不然，她花桃奶奶手起一個掌心雷，嘿嘿嘿，不玩它一個『倒栽蔥』才怪哩！」

花桃奶奶一聽，彷彿劈頭捱了一下頂門槓子，兩腿發軟，身子靠到門框兒上，手指扭著門簾，那張臉紅過來白過去，不知到底是紅好？白好？狗屎蛋兒一張嘴，事情就像巴掌上的紋——明擺了！軟手把兒吃他一把攫住，還有什麼話說，眼看金打銀裝的飯碗兒就要砸在這小長工的手上！

「那邊萬事齊備在等著。」狗屎蛋兒慢吞吞的說：「三天的關目已過了兩天，再過今天就功德圓滿，誰知您門裏卻出了岔兒，真是……苦掙的錢財沒到手，反把老本給蝕了。」

花桃抹抹胸口說：「本倒沒蝕，只擔一場虛驚罷咧！你稍等一會，我草草拾當了過去罷。」

花桃騎驢到施家大瓦房，薛二禿子也到了，兩人見了面，偷偷用眼睛眉毛談一陣兒，薛二想找機會開口，花桃就衝著狗屎蛋兒呶嘴，薛二心裏有幾分明白，只好悶著。

這一天的關目是跳神了願，花桃奶奶在法壇上沒精打采的請下一位大神，薛二禿子就三十晚上糊元寶——鬼糊鬼，跳了一陣，跳完了大神，接著唱收關戲，收關戲裏有個熱鬧的關目，叫做「判花名」，行關目時，照例在空地上鋪一條大草蓆，蓆上放著八隻盛滿了水的海碗，八個巫童一律脫了鞋，擠在蓆上，利用碗間的空隙跳動，並且不能碰動海碗。

一張蓆子能多大，八個人擠上去，只多下半個人的空兒，爲首的巫童一舉一動，其餘的必得套著空兒動作，其中若有一個人踏錯半步，勢非碰翻海碗不可。

在平常，薛二禿子是踏花步「判花名」的能手，無論問方問的是什麼稀奇古怪的花名，只要用象徵的方式，唱出一點蛛絲馬跡，薛二禿子就能判得中，因此，當薛二禿子脫鞋上蓆時，場外的觀眾便轟雷似的喝起采來。

其餘的七個巫童，一個一個手搭著肩膀啣接起來，恍惚是一條花斑大蜈蚣，爲首的薛二禿子擎著一面鼓，咚咚一響鼓，那條蜈蚣便用輕快的步子在草薦上扭曲的爬動，提腿落腳和應著身軀的扭動，直像水浪一般，薛二禿子噅口唾沫潤潤喉管，強打精神唱道：

「說花名來道喲花名，聽我薛二判給你聽！水上它荷花碗盞大，天上它開花是巧雲，地上的花名兒我都知道，瑤島的仙花我也記在喲……心……」

鼓點子越打越高，疊寶塔似的朝上翻，其餘的七個巫童好像趕磨的驢，越轉越有精神，並且一個接一個，用急口令式的唱詞，問了許多奇怪的花名。

開頭，薛二禿子全都不假思索的答了，然後忽一抬眼，瞅見小長工狗屎蛋兒蹲在人叢裏，露出一排黃牙，直衝著人笑，那小子手裏拿一條粉紅褲帶，帶頭上扣著的，正是自己昨晚脫在花桃榻板上的黑裩褲。笑著，站起來扭著，扭呀扭的扭走了！

一想起昨夜的事犯在小長丁手上，薛二禿子腿就軟了，俗說邪有邪門，一點不假，在南山腳一帶，凡吃巫道這行飯的，都曉得巫門中有一種冷峻無情的規矩：香頭奶奶准嫁不准偷。歌謠也這樣唱說：「管得了仙，管得了神，管不得香頭奶奶要嫁人。」但歌謠結尾卻有兩句說：「巫童若偷香得挨棍打，香頭若養漢烈火焚！」

花桃是個沒人耕的寡婦，本可大明大白改嫁薛二，沒人攔她，就因薛二心貪施家大瓦房的錢財，爲求表面上兩不相干，骨子裏一鼻眼通氣，才沒打算先抬花桃。本想俟花桃出道後，三月不到，就速戰速決弄錢到手，誰知一拖就拖了兩年，兩個人乾柴烈火，忍不得，便忘了邪門中規矩厲害，依舊背著人來去。

這好?!狗屎蛋兒別的不抓，單抓要命的「七寸兒」了！（**註：七寸兒，指蛇頭後方七寸之處。**）旁的不用說，只要那小長工亮著證物一張揚，巫門裏的人自會聚合起來，按規矩行事，薛二禿子怎會不腿軟神僵。

狗屎蛋兒亮過證物溜走之後，薛二禿子滿耳嗡鳴，哪還有心聽什麼問花名！扭不到半圈兒，一腳下去，叭喳一聲就踏破了一隻海碗，心一驚，手一鬆，連鼓槌兒也滑下去了。

花桃看在眼裏，急忙出面解圍說：「一連辛苦兩天，腿全累腫了，就到此歇了罷。」又吩咐巫童說：「關目已了，就煩收攤罷。」

太陽甩西，收了攤，吃了晚飯，施大奶奶抱了命童金根兒，千恩萬謝一場，又送上二十塊洋錢一罈酒，算是三天行法的費用，花桃和薛二臨走，施大奶奶還實心實意的交代說：「白虎堂既忙著打基，日子急迫，明兒就請人來這邊拆屋罷，只要金根兒太平無事，在我身上割肉我全不心疼！」

薛二和花桃苦臉對苦臉，哪還有心動拆屋的念頭，嗯嗯啊啊的搪了一搪，就抱頭鼠竄的遁了。遁到花桃的丁頭屋，兩人喘著，對燈翻眼。薛二禿子平時自誇是個主意罐兒，眨眼就是一個主意的人，等事情臨頭，主意罐兒卻砸得稀爛，滿肚子主意全沒了。

花桃楞半晌，倒楞出一個主意來，挫著牙跟薛二說：

「二禿子，事到如今，咱們得打開天窗說亮話了！追根刨底，這場禍是你惹出來的！我開堂立會，也全是你聳弄的！小魚小蝦沒胃口，今兒說施家好吃，明兒說施家好拿！要貪那大魚大蝦。……這好，魚是吃著了，魚刺卡住喉管，吐又吐不出，嚥又嚥不下。到這種要命的關頭，你想縮著腦殼裝王八，行麼?!——依我看：狗屎蛋兒那小子，伏硬不伏軟，與其哄著夥著他，費盡唇舌不收效，莫若來它一個先下手爲強！趁事情還沒發作，今夜就把他『做』了！（註：做了，即殺了。）神不知鬼不覺的取回證物，何等不好?!」

不管她花桃說得多麼輕鬆，聽在外強中乾的薛二禿子耳裏，卻嚇得脊梁骨發麻，小腿肚兒轉筋，明知花桃的主意難辦，奈因騎虎難下的勢兒已攤在那兒了，不幹也得幹，非硬著頭皮不可。左是刀山，右是油鍋，可把夾在中間的薛二禿子弄傻了眼了，勾著頭，咬著唇，只是不吭聲。

花桃瞅在眼裏，撇著嘴說：「你怕什麼，憑你這把力氣這把勁，弄倒他狗屎蛋兒一個半樁小廝，還是兜囊掏東西，手到擒來！——想想夾溝南的湯四奶奶和巫童牛七罷！咱們只有今晚一點時刻了！你要不幹，你我準是死路一條……」

經花桃這一提，薛二禿子臉色更蒼白了。那年棍打牛七，火焚湯四，自己在場。牛七精強結實的漢子，被反剪胳膊，半裸地吊在一棵皂莢樹上，兩個巫童手抓兩根棗木棍，交番輪替著打，打得牛七懸空的身子左右打轉，先是喊，後是哼，到末了，眼翻雞蛋大，白眼翳對著人，渾身朝下滴血，濝濝一灘驚心觸目的紅。

那妖嬈的湯四死得更慘，手腳大分，捆在繩床架兒上，身下是一堆柴火，引著了火，火舌頭舐著她，她掙動著，發出一聲長長的哀叫，火熄後，只落下一段焦糊的骨椎了。

「去！去！去！非做掉狗屎蛋兒不可！」

「殺人償命，欠債還錢，動不得！」

「牛七！湯四！牛七！湯四！」許多聲音嗡嗡響著，逼得薛二禿子叫說：「酒來！酒來！不管他娘的三七廿　！我先壯壯膽子再講。」

俗說：「酒壯兇心」，薛二禿子肚裏裝了兩壺悶酒，膽子似乎壯了許多，拍著桌子一橫心，踉蹌站起來說：「我不是慌躁人，事到要緊當口，總得多盤算盤算！妳可甭門縫看人，把我薛二禿子看扁了！我是說去就去，嗯，說……去就……去……」

薛二禿子搖搖晃晃的奪門出去，梆子初響，彎彎細細的月牙兒快啣山了。

十

陳年的老酒後勁足，薛二禿子本已喝得七分醉，搖搖晃晃，不覺又加了兩分酒意。白天的太陽毒，夜晚又沒來風，地上的餘熱朝上漾著，薛二禿子事急心煩，又加酒熱上湧，走了一段路之後，著實悶不過，便把上身小褂兒扯了搭在肩膀上，一把算盤在心裏上上下下，滿是如何去扼死狗屎蛋兒？人到九分酒，做事亂胡揪！哪能想得頭緒來?!暈糊糊的一抬頭，已到施家大瓦房啦。

月牙兒落得早，只有藉著星光認出牛草棚的黑影，薛二禿子悄悄蹩過去，但見棚門大敞著，裏頭更比外頭黑，本想悄悄蹩進去，摸著行事，剛一抬步，一隻狗竄過來就咬，薛二禿子飛起一腳狗沒踢著，鞋卻飛走了，又跌了一跤。趕急爬起來，還沒來得及拍屁股，就聽屋裏有人吃、吃的笑說：「半夜三更，誰又送鞋來了啊——狗咬的是誰呀！」

薛二禿子一聽，糟！狗屎蛋兒醒著哩！既不能暗裏下手，只好明裏攤牌了！便搭口說：「是我！」一面扯下肩膀的汗巾，跌了一跤，就堵住了門。

「噢，噢！」狗屎蛋兒的聲音悶悶的，有些陰陽怪氣：「原來是薛二爺呀！請進來罷！」

薛二禿子生怕狗屎蛋兒黑裏打悶棍，便問說：「你在哪嘿？狗屎蛋兒。」

「在這兒，」狗屎蛋兒吃吃的笑起來：「你在金根兒身上得的財，可別忘了分我一份呀！」

薛二禿子在狗屎蛋兒說話的當口撞進屋去，牛草棚裏黑得伸手不見五指，人在裏頭，成了睜眼大瞎子，再加遍地散堆著牛草，不便行走，直把薛二禿子困住了。

薛二禿子一心想順著話音摸人，誰知任憑怎麼逗弄，狗屎蛋兒就是不開口。薛二禿子抓緊汗巾，在牛草上爬動，彷彿聽見狗屎蛋兒也在爬動，兩人爬來爬去推大磨，單聽悉悉索索的草響，轉了半天，轉得薛二禿子頭暈腦脹，滿身汗潑，也沾不著邊兒。薛二禿子正急著，偏巧迎頭碰上一宗硬東西，「碰！」的一聲，光頭又疼又麻，搖頭呸了一口，伸手探探，原來是牛棚當中的木柱兒。

一摸著木柱，薛二禿子非但忘了疼，反而寬慰起來：照道理，木柱上總該掛盞燈的，只要能亮起燈，狗屎蛋兒怕不像瓦罈裏的螺獅?!薛二禿子踏著柱兒站起身，伸手去摸燈，燈是摸著了，這才想起腰裏沒帶火刀火石，正懊悔不迭，就聽耳邊不遠有人說：「算啦罷！二爺，燈千萬點不得，這叫做『跑黑關』，正是你的本行嘛！」

薛二禿子拍拍腦門，彷彿狗屎蛋兒的聲音就在耳門上響，伸手一撈，空的，捺住性兒說：「狗屎蛋兒，二爺我找你做交易，一不傷你，二不碰你，你犯不上躲著我呀！」

狗屎蛋兒陰惻惻的打鼻子裏哼一聲：「有話您儘說罷，我聽著就是了！」

薛二禿子冒火說：「甭裝你娘的迷糊！狗屎蛋兒，快還我衣裳鞋襪來！」

「全在這兒啦！」狗屎蛋兒說：「你要拿，自家上來拿罷！」

薛二禿子說：「怎麼？你在樑上?!」

「吃吃吃吃！」狗屎蛋兒爆出一串笑聲：「我這就下去啦！」

薛二禿子果然聽見牛草一響，便猛撞過去，狠狠的一抓。嘿！好小子！狗屎蛋兒，二爺總算攫住你啦！——薛二禿子一抖汗巾，就把狗屎蛋兒套住了，雙膀子發力，交叉狠勒，勒了一陣，怕狗屎蛋兒不死，又使腳蹬。滿以爲一腳蹬下去，狗屎蛋兒悶不過，定會發出呃、呃的叫聲，誰知腳蹬在對方胸脯上，竟沒一點兒聲息。

「狗×的！個草紮的狼坑貨。」薛二禿子捲起舌頭說：「吃不住二爺一使勁，就……斷……氣……了……」

薛二禿子正要伸手來探一探狗屎蛋兒的鼻息，誰知狗屎蛋兒竟又笑起來，吃，吃吃，那笑聲彷彿在死人肚裏響，吃吃，吃吃，悽怖得很，把薛二禿子嚇得遍身麻，叫一聲「有……有……鬼……」，反手軋住狗屎蛋兒的屍首朝外就跑。

薛二禿子軋著狗屎蛋兒奔出牛草棚，又急，又怕，又累，酒勁發足了，但覺天也旋地也轉，黑裏的星顆子亂搖亂晃；一腳高一腳低踩荒跑，彷彿聽見吃吃的笑聲在四處八方追趕，又彷彿看見狗屎蛋兒伸手攔著路，脖頸勒著汗巾，七孔流血的揪住自己，大喊：「還我命來！還我命來！」就這樣磕磕絆絆的跑有半個時辰，奔至一塊黑毒毒的樹林子，薛二禿子做夢似的摸著一棵彎曲分叉的樹，草草使汗巾在樹杈上打了一個結，連看全不敢看一眼，撒丫子又跑下去二三里地，這才喘出一口大氣來。

跑得太惶急，渾身熱糊糊的，分不清是血是汗?!薛二禿子踏著一塊田梗，便跌坐下來，張開嘴，牛一般的喘粗氣，等到汗水出盡了，平下喘息，眨眨眼，晃晃腦袋，這才覺得清醒些。

下半夜，露水濃，涼風從遠處來，把濕漉漉的衣裳吹透了，貼在肉上，一直涼進人心眼裏，薛二禿子覺得腦門劇痛，伸手一摸，已腫有鵝蛋大一塊。

「咦?剛剛我做了什麼了?」薛二禿子自己問自己。哦!不錯……我使汗巾勒死狗屎蛋兒了!

我真箇殺了狗屎蛋兒了麼?!薛二禿子推想道:怎麼剛出白虎堂，心裏還彷彿有個數，後來糊塗了，只像作了一場渾渾噩噩的夢?一面想著，一面咬咬舌頭，疼!不錯!那不是夢，全是花桃出的餿主意，聳弄我!支使我!糊裏糊塗鬧下命案來了!

「呸!」薛二禿子死命啐了一口，把方才那可怕的念頭啐走了。……「汗巾結在樹枒上，明明是他自己上吊，關我屁事?!」繼而順手一摸，汗巾還別在屁股上，小褂兒卻沒有了。

糟！薛二禿子對準光頭拍一巴掌，我明記得摸的汗巾，怎麼又變成小褂兒？岔事常常有！從沒像今夜這般顛倒！明兒出了事，我跑不了！忽然又連帶想起證物來，那一堆男女衣裳鞋襪呢？該死！該死！沒問清狗屎蛋兒把證物收藏在哪裏，就動手把他做了，一人藏物，十人難尋，黑漆漆的夜晚，若想找回它，真比大海裏撈針還難！糟糟糟！紕漏闖大了！跑不了！跑不了！

「逃罷，薛二，卅六著！走爲上著！」心底下又昇起這麼一種聲音。

對了！逃！薛二禿子狠揍自己一耳摑兒，爲什麼早沒想到這一層，天下這麼大，只要腰裏揣錢，何處不可安身！狗屎蛋兒沒親沒故，沒有苦主出頭追案，六扇門裏會費心到千里外去追兇？真是！

主意打定了，四邊瞅瞅，自己到底在什麼地方？抬頭看星，大杓頭（註：即大杓星座附近之北斗星）橫在正北方，那邊不遠就是南大塘。薛二禿子站起身，繞過塘邊的行樹林子，撲過去叫花桃的門。

吱……唷一聲門響，門縫裏擠出一條燈火，花桃探頭一瞅薛二禿子，哪還成個人形，滿身釘著碎草，光著上身不說，椅子也扯爛了，頂門上撞出一塊青紫疙瘩，手顫足顫，像隻鬥敗的公雞。

「那事怎樣?!」花桃驚問說。

「完了!完了!」薛二禿子怨說：「妳出的好主意!——人是做了!證物卻沒幫邊，出了事，大家有份!跑不了我，也走不了妳!」

「你弄得好!」花桃連連跺腳說：「貓尿灌暈你那混帳腦袋了!——不先弄回證物，誰叫你糊裏糊塗下手來?!」

「我糊塗?」薛二禿子悔恨交加，哪能再吃花桃這一杯，紅著眼暴吼說：「主意是妳出的，掉頭反把夾棍罪我受?!打今夜，咱們分錢拆夥!妳走妳的陽關道，我過我的獨木橋，各自逃命要緊。」

「看你外表，倒像是打得狼獵得虎的強人!」花桃哼了一聲，反唇相譏說：「原來這般銀樣蠟槍頭，窩囊貨色!你愛走就走罷呀，跟我嘮叨個屁!我又沒欠你一文。」

薛二禿子嘿嘿的冷笑著，兩眼像著了魔道一般的赤紅，剔起眉毛，捏緊拳頭，一步一步的逼向花桃，叫嚷說：「嘮叨什麼?妳還用問我?!……裝狐作鬼，是我!

殺人犯法，是我！妳卻乾得銀洋，又屯了麥！這如今，南山腳站不住了，妳賞我多少路費罷？妳說，妳說！」

花桃看出來路不對，攤開雙手朝後退，一直退至床沿，眼看沒後路了，便尖聲呼說：「你瘋了！薛二。要不是我拿出本事來迷住施大奶奶，你得個屁！我允她燒豬還願跑大關，讓你平白賺了一筆還不知足?!你?你?你?!」

薛二禿子一分不讓，低聲吆喝說：「快拿出現洋袋子來！快！」

「你要是這般逼著我，我就叫喊！」花桃急忙閃過去，護住她的描金箱子說：「你這殺了狗屎蛋兒的兇手！千刀砍萬刀剮的賊！」

薛二禿子沒讓她喊出口，就猛可的撲過去，把力弱的花桃摀倒在床上，伸出暴青筋的雙手，死死扼住花桃雪白粉嫩的咽喉。

花桃埋手划風的掙扎著，歪頭咬住薛二禿子的小臂，一口下去，連皮帶肉啃掉一大塊，薛二禿子加把勁，發狠咕噥道：「妳這千人搗萬人壓的臭貨，竟咬起我來了?老子一不做二不休，送妳回老家去罷！」

花桃想喊叫什麼，只有她自己明白：黃花仙姑的雲，薛二禿子的眼，描金箱裏的銀洋，全在呃、呃的聲音裏黑了；她腦後的髻髮兒歪散著，鬢邊一朵紫絨花落在繡著鴛鴦的枕面上，一縷鮮紅從她嘴角溢出，滴落在薛二禿子多毛的手臂上，但她的指甲卻掀在薛二禿子脊背的肉裏。

「妳它娘的反穿皮襖——倒會裝佯！」

薛二禿子扳開花桃的手，適才用力過猛，使嘴和臉都起了抽搐。花桃沒動靜，鮮紅不斷從她嘴角漾出來，把雪白的枕面都染紅了。

薛二禿子跳起來，舉著雙手朝後退，正巧窗外來了一陣風，把燈焰掃成慘慘的綠色，照在花桃的臉上，越顯得怕人。不知從哪兒來了一隻夜貓子，從屋頂拍翅飛過，留下磔磔的嚎笑。

逃罷！薛二，天就快亮了！薛二禿子三腳兩步跨到箱子旁邊，死命扭斷描金箱的鎖簧，探手抓出裝銀洋的袋子，胡亂揣進腰眼，臨走時，順手又撈了桌上的酒壺，把半壺殘酒，牛飲水一般的喝了。

星星閃閃爍爍的，在墨藍的天上眨眼，薛二禿子出門後，踩荒亂走，真是風也驚他，草也嚇他，重重的幻象老是從四面八方來，野蜘蛛一般的纏他繞他，那隻倒楣的夜貓子，總在不遠的地方嚎笑著。

磔磔，咯……烏，

磔磔，咯……烏！

這這這，鬼……啊！這這這……鬼啊！薛二禿子兩條腿都軟了。可不是？都是鬼！都是鬼！皂莢樹上的牛七，繩床架上的湯四奶奶，勒暴著眼珠的狗屎蛋兒，齜牙咧齒，嘴角溢血的花桃，「還我命來！還我命來！」「就是他！就是他！」「兇手！兇手！兇手！」「吃吃吃吃……」的鬼笑，全在黑裏響著，在黑裏跳動。

薛二禿子受不了，想大聲叫喊給誰聽，喉嚨彷彿被鬼勒住似的叫不出聲。慢慢的，酒力打心底朝上翻，滿眼朦朧，腳下踉蹌打轉，轉到這邊碰著時，轉到那邊還是碰著樹，夜貓子兩隻眼綠瑩瑩的瞪著人，冒不楞登嚎一聲：這這這，鬼……啊！不好了！定歸遭鬼迷了！薛二禿子蹌跌地跑起來。

那邊現出一條白糊糊的大路，薛二禿子扒開荊棘，一腳踏過去，但覺腳下一軟，撲通一聲，人就像沒繫兒的秤砣，沉下去了。……等到薛二禿子想到那是南大塘，已經晚了，波浪搖碎一塘的星影，他的叫喊只變成一串搖頭轉尾的水泡，汩汩有聲的朝上冒，又一顆顆幻滅了……

十一

顛撲不破的悶葫蘆，可不是?!一連串稀奇的事兒驚動了南山腳。施大奶奶找人刨旗桿，發現收了黑旛的旗桿頂上卻懸起穢物。左邊飄著巫童薛二禿子的黑裩褲，寬腰肚兒，右邊掛著花桃奶奶的粉紅抹胸，火燒百褶裙兒，麥場上聚了一窩狗，嗯嗯的撕奪繡花鞋。

有人生了病，南塘去接花桃奶奶，兩扇門大敞著，外屋香爐裏燒著半炷香，人卻叫不應，掀開房門簾子去看，只見她頭朝東腳朝西，仰躺在床上，脖頸間分明留著十隻手指印兒，兩眼半睜，幽怨的望著樑頭。

薛二禿子的屍首浮起來要晚些，人出了水，屁股高高翹著，經太陽晒成醬色，那股臭味順風刮有里把路遠，真真忙煞了周圍轉的蒼蠅。

過路人趕集經過南塘，無不啐罵：「這人活該翹屁股下地獄眼兒！別處不好情死?偏要跳南塘，白白害得一街人沒了吃水！」

更奇的事還有哩——棗木林邊，一棵彎曲的小樹枒上，不知是誰，竟用簇新的小褂兒勒吊起一隻稻草袋兒，悠悠晃晃迎風轉，遠望像真人上吊。

離奇命案發生後，六扇門裏下來個歪戴帽子的官，看驗一番，斷爲：巫童薛二謀財害命，失腳落下南塘，兩造皆死，無從追究，飭地方集資收葬。

地方上又有不同的看法，認定薛二和花桃私通，惱了黃花仙姑，竊去他們衣褲掛上旗桿，歸根結底，兩人全死在仙家手上。

而施大奶奶再沒心腸去聽這些了；小金根兒身子本來孱弱，經不得一顛一跌，嚇出抽筋的毛病來。老君的靈符，老鷹的腳爪（註：俗傳鷹腳煮水可治抽筋）全用過，熬得兩天，還是放了炮仗。施大奶奶東不怪西不怪，單怪狗屎蛋兒曾說過不吉利的話，勒逼著狗屎蛋兒當天捲行李滾蛋！

狗屎蛋兒無奈何，捲起他全付家當——一張狗皮，兩套換身褂褲，使小棍挑了，揹在肩膀上走了。

秋頭上，甩西的太陽拉長他瘦影兒，一陣風來一陣沙煙，天腳的捲雲黃澄澄的像爐邊上的火，燒亮山坡上的大瓦房，數不清有多少隻知了，在繞宅的林間，啞啞的哀哭著。狗屎蛋兒爬上山坡，坐在老少兩個當家的墳前，癡癡迷迷的望著。哪兒是家？那就是家！自己這一走，可憐偌大的宅子裏只有她施大奶奶一個孤伶仃，無倚無靠的人了，拿什麼打發她的餘年……

走罷！狗屎蛋兒鼻尖兒一陣酸，眼便淒淒的濕了。

太陽下去了，天邊翻起一塊無根雲，說下就下起雨來了，秋天的晚雨像個傻漢，東灑一陣，西灑一陣，幾隻黑老鴉從牛背上飛起來，掠過雨中的大瓦房，哇哇的噪叫，而雨落著，翠綠的南山隱入雨霧裏去了……

狐的傳說

雇船的老頭

南六塘朝東流過去，這一條荒涼野趣的河，兩岸叢生著灌木和野蘆葦，夏秋水漲季節，大型的帆船可以通航到東海岸的海口去，所以，每逢這種季節，各埠的碼頭上，都停泊了不少的船隻。

抗戰初期，日軍佔領了北徐州，更沿著公路分兵南下，蘇北各縣，都陷在緊張混亂之中。縣城裡的民眾，尤其是婦孺老弱，爲了躲避兵燹，紛紛的雇車輛，雇牲口，或是雇船隻，投奔鄉下的親朋戚友，俗說叫做「跑反」或是「躲反」。在一些靠河的城鎮上，大夥兒合雇一條船下鄉，最是方便快捷，因而平常的一些貨船，都忙著載人逃難了。

以當時而論，船隻載人的船資，是按人頭計算的，依里程遠近，各收大洋三角五角不等，合計起來，要比運貨的利潤高得多。而且，人是有腿的活物，自己會上下船，省去裝貨卸貨的麻煩，會打算盤的船家，沒有誰不願做這種既利人又利己的生意的。

沭陽城的王二呆，有條不大不小半新不舊的單桅船，原是跑南六塘這條線，裝運米糧雜貨和當地土產的，戰亂來前，人多貨少，他便也載運難民了。

這天夜晚，他剛剛運了一船難民到新安鎮回來，把船隻靠泊在野蘆稀疏的河岸邊，叫他兒子上岸，到城郊的野舖去沽了一壺高粱酒，買了兩包鹽水花生和滷菜，獨坐在水便風涼的船頭上，對著欲圓沒圓，裹著水霧的初昇月，消停的喝著，舒一舒一路逆水行船的勞頓。

王二呆並不算呆，只是爲人本分木訥，老實寬和，人便把他硬看成了呆子。旁人的船忙載難民，多半是爲了撈上一大筆，王二呆可不這樣想，他說：

「鬼子到一處，燒殺一處，眼看縣城就要遭劫了，誰沒有妻子兒女？與人方便最要緊，有錢的，不妨多給我幾文酒錢，沒錢的，多少隨意；我決不強取硬索，要讓他們頂著太陽趕旱，這樣大熱天，不是會中暑丟命嗎？」

正因爲他不計較船資，他的船總被人搶著雇。一連好些天下來，沭陽城的居民，十有八九都逃離了，只有極少數貪戀家宅錢財的還留著。其餘的船隻眼看沒有什麼生意可做，也都駛離了南關碼頭，而王二呆還是駕船回到危城來，等待著最後一批撤離的客人們，這也合上了他與人方便的心意。

裹著水霧的月亮，暗黃色，也濕濕的，一野的月光，彷彿都能擰得出水來。王二呆喝著酒，望著月亮，心裡湧起無限的感慨來。

論起喝夜酒遣性，也不是一天了，王二呆固然有些貪杯，但並不是暴飲的酒徒。他生長在沭河上，這裡是他根生土長的老家鄉，他在黃昏和夜晚小飲幾盅酒，一顆心越飲越寬和，通身也都有一種酣然的舒暢；如今，風聲鶴唳的消息，把這座城變成黑燈黑火的死城，日後鬼子一來，又焚又掠，這兒又不知會變成什麼樣子了？他這麼悲沉沉的想著，一剎間，忽覺飲的不再是烈酒，而是他自己辛辣的眼淚。

他打了個呵欠，自己勸慰自己：不要再想了，還是早些睡吧！明兒一早，也許仍會有人來搭船呢。

正在這時候，忽聽岸上有人粗聲啞氣的打著招呼說：「哎，船上有人在嗎？」

「誰？」

「是我，我是來雇船的。」

「噢，請由跳板上船吧。」王二呆說。

來人踩著跳板，格登格登的上船來了。王二呆在月色裡抬起頭，來人是個又矮又瘦的老頭兒，身高不滿四尺，穿著一身青大布的衫褲，手裡捏著一根小煙袋，一撮帶彎的山羊鬍子，比月光還白，被夜風吹得直動。

「我姓胡，」那老頭兒說：「我想包雇你的船，帶兒孫輩逃難到南新安鎮去，單程的船資怎麼算法？」

「旁的船都會跟您討價錢，我王二呆的船不計較這個，兵荒馬亂的年成，誰沒有難處？」王二呆坦直的說：「多少賞我跟幾個船夥幾文酒飯錢，我送您一趟就是了。您打算要我什麼時候準備開船呢？」

「最好是今夜就開船，八十里地的水程，順風順水，明天五更左右能到得了吧？」

「當然到得了！」王二呆說：「順風的船，再加上順溜，一張起篷來，快過奔馬。只是您的人得要早些上船才行。」

「好，我立即回去召喚他們，起更前準到這兒來上船。」胡老頭兒說：「這是一點兒定金，你先收下，餘下的船資，開船時付齊，咱們就算一言爲定了。」

「既然一言爲定，您何必再付定金呢？」王二呆說：「我答應了，決不會把船另租給旁人的。」

「不必這樣客氣，咱們還是從俗的好。」胡老頭兒執意要付定金，王二呆拗他不過，只好收下了。

那老頭兒剛一走，王二呆忽然覺得不對勁，自己手裡捏著沉甸甸的定金不是銅元和洋錢。他攤開手掌，迎著月光再一瞧，真的呆掉了，原來那老頭兒硬塞到自己手上的，是一隻七兩多重的金錠兒，……這還是前朝前代使用的，他做夢也沒想到過，走一趟船，能賺這許多錢。

他也許忙中有錯了？王二呆心裡想：我不能貪戀這份不該多得的錢財，等他回來時，把話說明白，把這個金錠兒退給他。

他正在楞忡的想著，忽然聽見胡老頭兒在岸上說：「對啦，就是這條船，我業已跟船主講妥，付了定錢，你們快點兒上船吧！」

話音兒剛落，王二呆就看見一大陣黑影，從稀疏的蘆葦叢裡飛竄出來，順著甲板跳進船艙，月光雖然暗淡了些，但還看得出上船的不是人，都是狐狸。由於年歲的不同，這些狐狸有白有黑，有深深淺淺的黃色，形體上的長短大小也不一樣，好像人有高矮胖瘦一般。

這些狐狸進艙，把王二呆的船伕嚇出來了，戰戰兢兢跑到船頭，扯住做船主的說：「不好啦，二叔，咱們今晚遇上狐兵啦！」

王二呆示意那兩個不要說話，那些狐狸仍然不斷的朝船上爬，艙底艙頂，甲板和船頭，擠得連走路都沒有插腳的地方，壓後，那個胡老頭兒才捏著煙袋上船。

「胡老爹，」王二呆迎上去說：「雇船的時刻，您並沒說明白，您是？」

「我是老狐！」胡老頭兒說：「王二哥，你既幫忙，就請幫到底吧！狐雖異族，但並沒爲惡，比起披上人皮的東洋鬼子要講理得多了。這趟船錢，我可沒虧待你啊！」他說著，又摸出一隻金錠兒，遞到王二呆的手上。

「這趟船，我是照放。」王二呆說：「但這樣多的錢，我實在不能收。連前搭後這兩隻金錠子，買條船都用不了，船資哪用得了這許多啊？」

「不必這樣想了，」胡老頭兒說：「船資按人頭計算，只怕你還少收了呢！再說，這些世上沒主的銀錢，我們留了也沒有用處，你不用再客氣了，解纜開船吧。」

北地多狐，人們也都信奉狐仙，王二呆耳聞眼見，也不是一回了。但像今夜這樣，成千成萬隻狐狸搭船向東遷移的光景，他還是頭一回見到過。說是驚疑駭懼嗎？等到這辰光，怕也沒有用了，只得硬著頭皮，抽跳板，解纜繩，招呼船夥計撐船離岸，張起帆索，調準了風向，順東放船了。

月光乳朦朦的，船在河上飛駛著，胡老頭兒坐在船尾的舵樓旁邊，跟掌舵的王二呆談著天。

王二呆很聞不慣眾多狐狸身上發出來的那種氣味，但也不好說出來，胡老頭兒倒是一本正經，顯得很認真的樣子。

「幸好是順風，船尾在上風頭，氣味不大，」他說，「你就帶諒些兒吧。」

王二呆臉紅了，他想不透對方怎麼會猜出他的心思？……也許他修煉多年，有了道行了。

「我帶著兒孫輩到這座城裡來，一住住了好多年了，」胡老頭兒說：「當初怎會想到鬼子會打過來，這裡的市街要遭火劫來著？……有道行的還不會怎麼樣，你可以看得出，這些小輩都還不會變化，非得我照顧他們不行，平時無所謂，亂時我就是能施法術，也照顧不了這許多。狐心和人心同理，我不忍他們枉死，非要逃難不可了。」

「我說，胡老爹，這話我原不該問的，人都傳言你們會法術，可惜我從沒眼見過，今夜既有這樣一個機會，能不能請您略施點兒法術，讓我們開開眼界呢？」王二呆說：「也許這種逃難的時辰，我說這話，您會怪罪我說話太不合時宜吧？」

胡老頭兒鬱鬱的笑笑，搖頭說：「人，沒有不好奇的，這也算是常情。我也不用施旁的法術了，助你一帆風，讓你的船早點到新安鎮碼頭，你多少還能補睡一覺如何？」

「好！」王二呆說：「這倒是一舉兩便的事情。」

王二呆心裡暗暗的想，一隻老狐，若能有呼風喚雨的能耐，那他至少有千年以上的道行，算是成仙得道的仙狐了，自己倒要看看，他究竟怎樣的呼風?!

那胡老頭兒仍在旁邊坐著沒動彈，只是抬起頭望著在浮雲裡穿梭的月亮，鼓起他瘦削的兩腮，朝風帆上面噓氣。

他噓的氣，尖尖細細的，簌簌有聲，說也奇怪，不但風帆鼓鼓的脹起，連帆頂上高空裡的浮雲，彷彿也被吹動了，不斷的翻滾湧騰著。不一刹功夫，月色更沉暗下去，四野全起了白茫茫的霧雰，船被風催得比箭還急，在河上朝東飛去。

王二呆無法透過霧雰，去看河兩岸朦朧的景物，只聽見一股怒潮似的風聲，呼呼的吹刮著。

前後不到頓飯光景，胡老頭兒停住口，不再噓氣了，轉瞬間，白霧退散，月色恢復原先那樣的明亮。王二呆再一瞧，我的天，這不是業已到了南新安鎮的碼頭了嗎？

「適才略施小法，王兄你算看見了，」胡老頭兒拱拱手說：「還得央託你，不必把今夜的事對旁人講出去，免得使人驚動不安。我帶著小輩避過這場兵燹劫難，也不會在這裡久居，也許要一路輾轉，遷到邊地大漠裡去，咱們這就告別了！」

船攏了岸，剛把跳板搭妥，一船的狐狸，就爭先跳踉著，煙似的竄上了岸，散沒在迷濛的月色裡了。

王二呆呆站在船頭上，眼見像老侏儒似的胡老頭走過跳板，轉瞬隱沒，他一時弄不清這是真的？還是酒醉時產生的幻境？！……

安頓

第二天，新安鎮上有人來賃屋，凡是宅子多，人口少的人家，都有外鄉口音的老頭兒來洽租空房子。鎮上的人也並不覺得有什麼奇怪，大家都曉得鬼子佔據了北徐州，早晚要開拔下來侵擾，運河線兩岸各縣的人，紛紛的東逃西躲，難民一多，租賃房屋的人，當然也就多了。

不過，賃屋的人都姓胡，又都是不滿四尺高的小老頭兒，有的穿黑大褂，有的穿白大褂，多少總引起人們的猜疑和議論。有人認爲他們是一個族裡的人，大概是闔族遷移，要不然，不會賃下這麼多的房子。

有人認爲胡家可能是來當地收土產的，賃下空屋不是住人，而是當著堆貨的棧房的。大家談論時，都肯定這族人是財主人家，因爲一說妥賃屋，立時就寫租約，畫了押，他們立時就付出全年的租錢，所付的，又全是白花花的銀洋。

新安鎮北街有個鄭毛腿，他是前朝鄭貢生的孫子，前些年出去幹過稅警團的隊官，因爲緝私捕盜傷了腿，請長假回鄉，靠祖遺的產業維生。當大夥兒議論時，鄭毛腿在一邊聽得津津有味，忍不住插嘴說：

「真是，想賃房子，爲什麼單找旁人，不去找我來？我那棟老宅子，從前到後幾十間屋，都空在那兒養老鼠，掛蛛網，要是有賃屋的，給我一筆錢，我也好賺些酒資，……這些日子，把我窮得快當褲子了！」

不過，第二天夜晚，凡是賃屋子的人家，都覺出有些怪異發生了。在煙迷迷的月色裡，他們聽見啾啾的狐鳴，緊接著，便看見許多狐狸，在瓦櫳上，牆頭上，牆根的陰暗處……到處奔竄著，嚇得那些膽小的，連夜焚香燃燭的拜禱，盼望他們不要祟人。

有人跟鄭毛腿說：「哎喲，我的鄭二爺，你也許是沾著祖上的餘蔭，福大命大，那個胡老頭兒才沒有去賃你的房子，他不是人，是狐仙呀！」

「嗨，這有什麼好驚怪的?!」鄭毛腿笑說：「我是在外頭跑的人物，當過稅警，扛過洋槍的，什麼鬼呀狐呀，邪穢的東西見了我都矮了一截，那些拖尾巴的貨色，我見過的可多了！他要賃房，我照樣賃給他，只要他肯付錢就成，弄得巧了，我還能娶隻母狐做老婆呢！」

「二爺，您這不是開玩笑的！」對方凜懼的說：「那個胡老頭兒，既能變成人形，大白天在街上走動，想必是個大有道行的，叫他曉得了，您就脫不了麻煩啦！」

「嗨！真是笑話了！」鄭毛腿說：「我三十出頭了，還是孤家寡人一個，娶老婆犯什麼法?我說娶母狐，還是瞧得起他們的呢！」

旁人曉得鄭毛腿那種粗蠻的毛頭脾性，講下去越講越多沒有完，講死了，他也不會認輸的，便勒住話頭，不再說下去了。

鄭毛腿也沒把這事當做一回事，他到茶館去吃了一陣晚茶，天黑後，獨自回到老宅裡去，剛進門掌上燈，外頭就有人輕輕的叩門了。

「門沒關。」鄭毛腿躺在椅上打著芭蕉扇子說：「你自己推了進來吧。」

他以為是鄰居找他歇涼聊天來的。

呀——的一聲門響，來人進屋了。鄭毛腿抬頭一看，原來正是街坊傳說中到處找人賃屋的矮老頭兒，手捏著短煙袋，翹著一撮花白的山羊鬍子，人雖是人形，看在鄭毛腿的眼裡，總帶著半分脫不盡的狐味。

燈裡缺油還是怎麼的？火燄畏畏縮縮，只有綠瑩瑩的豆粒大那麼點兒，把對方那張皺紋密佈的臉也染綠了，看上去有些陰淒淒的味道。鄭毛腿白天當著人自誇氣豪膽大，其實也只當著是場玩笑，可沒料到天黑後，這個矮老頭兒果真找的來了。假如真如街坊所說，這老頭兒是個狐仙，那，今夜可就不好辦了。

鄭毛腿究竟是在外面闖過的人，脊背雖有些發毛，但還沒嚇破膽子，咬著牙，沉住氣，心想：我不開腔，倒看你是怎麼說法兒?!

既臨到這種時辰，船到江心馬到岩頭，只有抱定兵來將擋的主意，撐捱到底啦。誰知對方笑瞇瞇的，彷彿根本沒有那回事似的，望著鄭毛腿說：「您可是鄭二爺？」

「不敢。」鄭毛腿說：「我叫鄭長貴，旁人替我取那麼個諢號，二爺二爺叫著玩的，您這麼一大把年紀，這樣稱呼，快把我給折煞了。」

「說來真是冒昧，」對方說：「我姓胡，帶著族裡人初到貴鎮，聽說您這兒有多餘的空房子出賃，我是特意來拜望您，想賃您的房子的。」

「哦，我白天也聽人說過，說有些姓胡的老人到處賃房子，怎麼還不夠住的嗎？」

「房子倒賃得差不多了，」胡老頭兒說：「不過，還差一座倉庫，想賃你的屋子堆些雜物，租錢由您定，高一點也不妨，您覺得怎樣？」

鄭毛腿眨著眼一想：管他是狐不是狐，這年頭，房子空著也是空著，倒不如租給他堆貨，好歹賺它一大筆錢再說。主意打定了，便點頭說：「行啊！不過，我這兒空屋有幾十間，您全要賃嗎？那樣，租錢可不便宜呢！」

「全賃了，」老頭兒說：「租金該怎麼算呢？」

「我來算算看，一斗糧兩間屋，每月得要一石六斗糧，折合大洋七塊，一年期，總合是大洋八十四隻了！」鄭毛腿說：「我算的可是最低的價錢。」

「嗯，不貴。」胡老頭兒說：「一點兒也不算貴，我想麻煩備個紙筆，這就把租約寫妥，畫了押，付了錢，我的心就定了，……雜物堆在外頭，萬一變了天，淋了雨，損失可就大啦！」

「燈盞裡缺油了，我換點一支蠟燭好了！」鄭毛腿說：「紙筆這兒倒是有，不過，我僅略識幾個字，寫租約，還得請您動筆呢！」

「好，」胡老頭說：「老朽雖是薄學無才，一張租約，還勉強寫得。」

聽說當時就有錢可得，鄭毛腿變得勤快起來，一點兒也不害怕了。想想吧，八十四塊大洋是一筆可觀的數目，足夠自己經年花用的，那棟古老破舊的房子，平常哪有這樣的機會租賃出去呀?!

紙墨筆硯備妥了，胡老頭兒在八仙桌上寫起租約來。他的租約是三字經流水調，寫的簡單明瞭，他寫道：

「租屋人鄭長貴，承租者胡老三，租此宅，二十間，作倉庫，堆雜物，月租費，七圓整，年合計，八十四，立時交，租屋人，口無憑，立此約，各乙份，妥收存……」

胡老頭寫妥唸了一遍，鄭毛腿點頭說好，當時就畫押收銀，雙方都滿意的分開了。

鄭毛腿送走胡老頭兒之後，把八十四塊銀洋在燭光下仔細把玩著，這些銀洋都是前清鑄造的，成色好，份量足，敲起來嗡嗡有聲，絕不是假錢。鄭毛腿想過，像胡老頭兒這種狐，算得上是正經的狐狸，和傳說中惑人作祟的妖狐不同，自己能把宅子租給他，倒也是樂得的事情。今夜太晚了，趕明兒，自己得去買些滷菜，沽瓶好酒，消消停停的慶賀慶賀。

二天他到街上去，跟那些賃屋出去的街坊碰面，他問起那些賃屋的，做狐狸的房東，感覺如何？旁人都說：只在狐狸初搬家時，在月光下見過狐影子，後來就平靜了，沒發現任何不妥的異象。

「那個胡老頭兒，看上去又和氣，又正經，管他的兒孫輩管得很嚴。我猜想，」一個說：「照這樣的光景看來，咱們的房子租賃給他們，算是找對了呢！」

「不錯的。」鄭毛腿也很得意的說：「我那棟古舊的老宅子，昨晚也租給胡老頭兒做倉庫了。雖然母狐娶不成，卻落了八十四塊大洋，這不是打天上掉下來的一筆錢財嗎？」

「二爺，你得八十四塊錢？那可比我們得的都要多得多啊！」另一個說。

「那當然了！」鄭毛腿嘿嘿的笑著說：「我的房子，論間數，也比你們多得多嘛！」

當天黃昏時，鄭毛腿跑到賣燻燒肉的擔子上，買了些素雞、捆蹄，和一大包雜骨肉，沽了一壺老酒回去點上燭，有吃有喝的喝到起更，才倒下頭入睡。但他朦朦朧朧的剛一闔眼，屋子裡便響起怪異的聲音，他被那聲音給吵醒了，在黑裡留神細聽，叫他聽出一點眉目來了。

最先，他聽見遠遠的馬嘶聲，啾啾嚦嚦的一連好幾陣兒，接著是擂鼓般的馬蹄聲，隆得隆得的從人頭頂上一路響過去，響過去，也夾得有用鞭子刷馬的聲音，慢慢的，那聲音消失了。鄭毛腿酒意上湧，越發的覺得睏倦，他歪著嘴，打了個長長的、倦意的呵欠，翻了個身，打算入睡了，誰知快要睡熟的時辰，怪異的聲音又把他吵醒了，他很不耐煩，皺著眉頭再聽。

這一回，聲音又變了，沒有馬嘶，沒有蹄聲，而是毛竹扁擔和繩索磨擦的聲音，尖尖細細，吱唷，吱唷，又一個吱唷，其間還夾有挑擔伕叫號子的聲音，前頭的叫一聲：「哼呀。」

後頭的立時接一聲：「哼唷！」

前頭的翻了個花腔唱著：「哼呀哩箇嘿呀！」

後頭的也翻起花腔應和著：「哼唷那箇嘿唷！」

要是在平常，這種有節奏的呼吼聲，好像南六塘河岸上船伕唱起的縴歌一樣，悅耳動聽。但當鄭毛腿睏倦不堪，正要入睡時，聽來就覺得非常刺耳難受了。

「真它娘的，三更半夜裡，這樣的吵人，算是什麼玩意兒？真是活見鬼了！」他咒罵說。

他又翻了一個身；這回聲音又變了，吱吱軋軋的車軸聲輪流響，彷彿是很多輛雞公車結成的車隊，打頭頂的橫樑上推了過去，吵得他根本無法入睡了。

「這些拖尾巴的東西，惹厭透了，」他從牙縫裡迸出恨聲來：「這不是存心消遣老子?!」

他聽了又聽，黑裡的聲音不是來自旁的地方，就是在頭頂的橫樑上，一會兒是牲口，一會兒是挑擔子的，一會是車隊，夾雜著，輪覆著，另有扛包的叫聲，過秤的嚷叫，報碼子的聲音，撥算盤的聲音，簡直和碼頭的流水倉庫一樣的忙碌。

想睡睡不著，鄭毛腿固然恨得牙癢癢，但轉念一想，房子賃出去，租約上明明是寫著「作倉庫、堆雜物」的，他們趕夜堆貨裝貨，也不能算是太過，人說：三錢賃個屋，任意唱小曲，何況他們幹的是正事，只好咬牙忍著，過幾天，等他們安頓妥當了，也許就好啦！

但等二天夜晚，樑上的聲音比頭一夜更大，一直吵到五鼓雞啼，把鄭毛腿的眼窩都熬得發黑，深深的陷下去了。

他忍無可忍，等到天亮之後，找來一架梯子，爬到橫樑上去看視，只見樑面的積塵零舊，留下許多狐狸爬行過的痕跡，他這一看，算是動了靈機，想出很絕的主意來了！……他去買了兩斤菜子油，從樑頭傾潑到樑尾，潑得淋淋漓漓，能滑倒蒼蠅。心裡想：這一來，不怕拖尾巴的貨再來擾人清夢了！

轉眼又到了夜晚了，鄭毛腿熄燈滅燭，坐在舖上等著，看看樑頂上會有什麼樣的變化？

天還沒起更呢，聲音又來了。起先是得得的馬蹄聲，和一片馬嘶聲，到了橫樑那裡，馬蹄踩著油，乒乒乓乓朝下掉，有個聲音在叫：「這是怎麼搞的？天又沒落雨，路面滑得像塗了油，馬匹都掉到下面去了！」

不但馬匹朝下掉，跟著來的挑伕和雞公車也朝下掉，活像朝湯鍋裡下餃子一樣，一時，哼的哼，喊的喊，呦呦的狐狸哀叫聲四起，估量著，有不少跌斷了腿，拐著腳爪竄遁到外面去了！

這之後，一片寂然，再也不見動靜了。

鄭毛腿打了個呵欠，算是安然入夢，睡了一場好覺。早上醒來再一看，遍地狼藉不堪。原來狐狸所謂的馬匹，全是牠們用咒語拘來的老鼠，跌死了七八隻，狐狸的擔子，是用狗尾草編結成的，而狐狸的雞公車，全是用扁豆和樹枝串出來的。除了這些，地面上還留有些小米、麥粒，和一片零星的血點兒，屋裡更彌漫著一股殘存的狐騷味道。

這檔事幹完了，鄭毛腿忽然又覺得不對勁，——也許是玩笑開得太重了，自己當時只想讓狐狸不再吵鬧人，沒想在樑上澆油的結果，反使很多小狐受了傷，斷了腿。若果胡老頭兒知道了，一定會來興師問罪的，自己這一方理屈，該拿什麼話來搪塞呢？

想來想去，想不出妥當的辦法，最後才不得不打算三十六計，走為上計。好在租金拿到手了，不必再跟狐狸同住這座古舊的大房子裡。新安鎮有個柳樹莊，莊上有親戚，自己還是趁著白天，捲起行李，悄悄的到柳樹莊投親去吧，身上有錢，到哪兒都能常住的。

論理

鄭毛腿是個無牽無掛的光棍漢子，打起兩個包袱捲子，用柳木棍挑著，趁著白天，下鄉投親去了。

他到柳樹莊找著親戚，吃了晚飯，躺在麥場角柳樹蔭下的繩床上，搖著芭蕉扇兒歇涼。柳樹莊離鎮幾十里地，他以爲狐狸再靈，一時也不容易找到他。

天氣很燠熱，鄉下人大都在外歇涼，不到三更過後不進屋，鄭毛腿躺著躺著，也就在繩床上睡著了。不知何時，在睡夢裡覺得有人輕輕拍著他的肩膀，並且叫著他說：

「哎，鄭二爺，咱們三伯公設了席，請你過去吃盅酒去呢！」

鄭毛腿睡得迷迷糊糊的，翻了個身，揉了揉眼，也沒弄清楚來人所說的三伯公究竟是誰，他總以爲不外是柳樹莊的老前輩，瞧得起他姓鄭的，才擺酒待客的，他平素嗜的是酒，一聽說有酒，哪還有不喝的道理？

「好！好！」他下床趿起鞋來說：「讓你們三伯父破費，真是不好意思，咱們這就走吧，我算是叨擾了！」

來人打著燈籠，繞著莊前的小徑走，鄭毛腿趿著鞋，踢踢沓沓的一路跟著；迷裡馬虎的，也不知走了多麼遠，一走走到河邊的蘆葦叢裡，那兒泊的有條船，來人擺手請他上船去，鄭毛腿走上跳板問說：

「你們三伯公住在河對岸？還得麻煩你們備了船來接我，這麼熱的夜晚，也真難為你啦！」

「哪兒的話？鄭二爺。」來人說：「我們三伯公是您的房客，房客請房東吃酒，天經地義，您就是走得再遠，我們按照吩咐，也要把您給請回鎮上去的。」

鄭毛腿一聽，心裡涼了半截，瞌睡蟲全跑光了。老天爺！他心裡暗自叫苦：誰知道來人所說的三伯公，就是那個向他賃屋的矮老頭兒胡老三呢?!早知道是他，自己賴在地上學懶驢打滾都行，絕不會迷迷糊糊跟他來了。

他原想冷不防的竄下船逃走的，再一看，左右都站的青衣漢子，手裡執著很熟悉的兵器，有的是青龍偃月刀，有的是三股鋼叉，有的是三尖兩刃刀，……恍惚是鎮上關帝廟、城隍廟和二郎廟裡的神兵，對方防範森嚴，他便乖乖的入艙，不敢再動彈了。

有道是：光棍不見眼前虧，鄭毛腿懂得這一點。

天過三更，鄭毛腿又被押回到老宅子裡來了。

宅子裡燈火輝煌，中間擺著一桌酒席，胡老頭兒之外，還有七八個穿著黑大褂和白大褂的老者，都站在廳前迎接他。鄭毛腿偷眼看看，這些人的臉色，都還很平靜，並沒有咬牙切齒的樣子，一顆心，也就跟著略略放寬了一些了。

他剛進屋，胡老頭兒就一把拉住他的手說：

「哎喲，鄭二爺，沒想到你會突然跑下鄉去，起更擺酒等著你，把菜都給等涼啦，旁的話，暫時都不必說，先入席，讓你把罰酒喝掉再講！」

鄭毛腿沒辦法，變成一隻被人強捺住脖子飲水的牛。不過，一桌子的好酒好菜引動了他，他心想，不管對方會把自己怎麼樣，先吃飽了喝足了再講，哪怕就揮刀砍頭呢，做個飽死鬼，總比做個餓死鬼好得多。

酒過三巡，胡老頭兒還只是談旁的，沒談到他那夜潑油橫樑上，使眾多小狐跌傷的事。

鄭毛腿心虛，實在憋不住了，先開口說：

「我這人，肚裡有話憋不住，非講出來不可。你們租賃了我的房子，儘管租約上寫的是『作倉庫，堆雜物』的，可沒寫的有『通宵吵鬧』，你們要搬東西進倉，白天時間多得很，爲什麼單揀夜晚，鬧得人闔不了眼呢?!人說：一人做事一人當。油是我潑的，當時我只想不讓他們打橫樑上經過，可沒想到使他們跌得人仰馬翻，拖胳膊斷腿，這可是實在話。」

「你要不開口，我真還不好意思提起呢！」胡老頭兒說：「鄭二爺，你是明白事理的人，這話你若早跟我講，我也早就叱罵那些無知的小輩，要他們收斂些，不會吵你了。如今你潑了油，傷了我的兒孫，還要在酒桌上發怨氣，振振有詞的說理，也未免太過了吧？」

「我並沒要來說理，」鄭毛腿說，「全是您差了手下，強把我押回來的。人怕狐，業已捲起行李避著你們了，還不成嗎？一定要把我押回來擺佈，我當然要把道理講個明白了。」

「嘿嘿，你真會說理，」胡老頭兒說：「你曉得，我們爲什麼黑夜裝運貨物進倉嗎？……如今是亂世，白天有空襲，路上走不通呀！你明明曉得潑了油會有什麼結果，偏偏不教而誅，照理說，這筆療傷的藥費，你總該賠償的吧？」

「我不賠！」鄭毛腿說：「傷有傷單，你們得拿傷單來我瞧瞧。」

「好啦！」胡老頭朝另一個穿黑褂子的老頭說：「你把傷單和藥費單子，給鄭二爺親自過目，他也該沒有什麼話好講了！」

傷單和藥費單子一大疊，都是當地醫生開列出來的，總合的數目是大洋八十三塊一角，——這筆錢，不多不少，正是鄭毛腿得到的全年房租錢，扣掉九毛錢的滷菜和酒錢。鄭毛腿一向鬧窮，好不容易弄到這一筆外快，要他傾囊賠出去，像挖心割肉似的，不由他不猶豫起來了。

「鄭二爺，這筆錢，照道理，全該由你賠的，」胡老頭說：「你若不肯賠，害得我們毛下臉來，可是很不好看啦！」

「那你們就毛下臉好了！」鄭毛腿說：「你們治幾個小狐的腿傷，竟會花這樣多的錢？這明明是對我施敲詐，我是寧死也不吃這一杯的！」

胡老頭一聽這話，滿臉怒容，對席上另幾個老者說：「敬酒他不吃，顯然他願意吃罰酒了，咱們就毛下臉來讓他瞧也好！」

說完話，他夥著另幾個老者，把臉一抹，說也怪的慌，鄭毛腿就覺得眼前的那些人臉，慢慢的起了變化，一個個的臉上，都長起白毛和黑毛來，一轉眼間，都變成了狐頭人身的怪物，瞪著迸綠燄的眼睛，直朝他望著，彷彿要把他活啖掉一樣。

他嚇得心膽俱裂，想跑，但兩腿不聽話，完全軟掉了，人陷在椅子上站不起身來。當然，他還是把錢給如數賠上了。

二天他醒來時，發現只有他一個人坐在一張破椅上，昨夜的情境，彷彿是一場亂夢，但一疊傷單和藥單仍抓在自己的手裡，而纏在腰裡的八十幾塊大洋，都不翼而飛了。他出去跟旁人講起這事，旁人都不肯相信，因爲住著狐的人家，跟早先一樣的安靜，毫無異象發生過。只有一個老年人嘆說：

「鄭長貴這個騷狂性子，憑空對狐狸施捉狹，就是吃了虧，也是他自找的！」

除了鄭毛腿鬧出的這點事故之外，遷到新安鎮的狐狸，跟當地的居民倒是相安無事。

這事過不久，有人看見狐狸在月夜裡操練的。使用的兵器，不是從廟裡取來的，便是從附近各族的宗祠裡攝來的。有人在白天去察看過廟裡的兵器，關帝用的青龍偃月刀上，鬼王用的三股鋼叉上，二郎神用的三尖兩刃刀上，全都黏著泥，帶著土，好像有人借去在泥地上耍過。

「奇怪了，這些狐狸操兵幹什麼呢？」有人懷疑的說：「難道他們也會去打鬼子嗎？」

「怎麼不會？」另一個說：「鬼子一路姦淫燒殺，天怒人怨，狐是中國狐，鬼子打過來，害得他們到處播遷不定，跟人一樣的受災受難，他們若真講道理，幫人一臂之力，也是應該的。」

不久之後，一支日軍自沭陽東向，攻打新安鎮，走到半路上，全像中了暑似的，眼珠凸出，抱著腦袋打滾呼痛，最後全都上擔架朝回抬，有人以為即使天氣炎熱，中暑也不會全部中暑，那極可能是狐兵幹的。

不過，這並沒有誰親眼看見，只是屬於靈異世界裡可信可疑的傳聞罷了。至少，這傳說作成了一種象徵，鬼子的凌虐舉措，不單是人所不滿，捨死抗爭，連動物如狐者，也恨不能把他們除滅的。

歪狐

在鎮上，凡是開香火堂子的女巫婆，不論她年紀大小，都被人稱做「奶奶」，表示尊崇的意思，東街張奶奶，西街李奶奶，這種不成文的老規矩究竟是誰定下來的？從來沒人追究過。既然早先就這樣了，那就跟著這樣了，好在這種奶奶叫起來不疼不癢，多叫幾聲也不覺得低了輩份，俗話說：禮多人不怪，鹽多不壞菜，話裏頭正含有這麼一層意思罷？

不過，像東街太平巷口的這位叫張奶奶的巫婆，若真拿她當成奶奶看，多少有點兒太那個了；她原本是一家紮匠店的閨女，據說在沒嫁前就做個兩次媽媽，紮匠顧臉面，當然不願意女兒養活沒主兒的私孩子，生下來當夜便裝進蒲包，悄悄的扔到亂塚堆去餵了狗。

說是這種破爛貨沒人問津？世上總還有專收破爛的，太平巷裏的拐腿小蠻子，經媒人說合，就娶了她這一朵紙紮的假黃花。拐腿小蠻子命寒福薄，娶了她過門不到一年，害熱病翹了辮子，做寡婦的青天皇天的哭得像唱唱，令人弄不清她頭頂上究竟有幾個天?!

就算她能離得開男人，也總離不開飯碗，二十歲剛過，她就開了香火堂子，當起巫婆奶奶來了，拐腿小蠻子姓張，她當然變成了張奶奶，往來過節，就這麼一清二楚，瓦窯鎮上的人，全知道她的根底兒。

在這位年輕俊俏的張奶奶沒進巫門之前，還有不少人背地裏議論著往昔的那些豔聞穢事，不過，當她一旦開了香火堂子，這些議論馬上就平息了；得罪一個風流寡婦沒什麼大不了，得罪一個狐仙寵愛的巫婆奶奶，誰都沒有那個膽子。

張奶奶的香火堂子裏，供有三座黃裱紙的狐仙牌位，黃三郎、秦四郎和蔡十郎，這些雄狐選了小寡婦，接受她的香火供奉，暗裏究竟有什麼曖昧？旁人也只好放在心裏納罕著，不願說出口，去惹那種風波；那就是說，不管她曾有過多少穢聞醜事，一旦有了硬扎的靠山，便不怕有人認真的去揭發她了。

這也許就是小寡婦願跟騷狐狸打交道的原因。

可是，天底下仍還有不信邪的潑皮，那就是新搬到太平巷來的殺豬馱販牛小虎兒，牛小虎兒帶著老娘和嫂子來擺肉攤子，房子賃在太平巷口，恰巧和巫婆張奶奶斜對門。

起先，他並沒留意到對面有個供奉狐仙的香火堂子，有一天下傍晚，他用鐵鉤鉤著半麻包賣賸的肉皮、豬雜碎和骨頭回家，看見一個年輕的女人，梳著不倫不類的道姑髻，手上抓著一大把旺燃的香火，在巷子裏又跳又唱的下神。

那女人年輕輕的，至多不過廿出頭的年紀，白馥馥的臉，隱隱透著些兒流動的桃紅，身材像拔蔥似的窈窕，使他怦然心跳，覺著這種年紀的女人做巫婆，把日子埋在香火爐裏，實在可惜了。正好像拿帶肉的骨頭扔給狗吃一樣的不太那個……

太平巷是條很冷僻的狹巷子，兩邊牆擠牆，橫著扁擔就不能走路，這年輕的巫婆堵在巷心跳神下差，用奶味很濃的顫音唱著，舞著，使牛小虎兒沒法子過路，……其實，硬要走，也許勉強能走，那得要跟巫婆身子捱身子擠過去。牛小虎兒雖說也年過廿歲了，一個成天磨刀霍霍屠宰牲口的粗人，還是個道地的童子雞，在某一方面臉皮子薄些，極不願意討這個便宜，只好傻楞楞的站在巷口，揹著麻袋等著。

雖說他平素就不相信這個邪門兒，也很討厭那些白髮上插著紅花的老巫婆，故意捏尖嗓門兒，細聲細氣說鬼話，不過，看這種年輕俏刮的女巫跳神，就像看一場野台子戲，又無須花費一個銅子兒，即使站上一會兒，心裏倒也耐煩。

巫婆跳著，即使在跟牛小虎兒臉對臉的時辰，眼裏好像也沒見著牛小虎兒這個人，那些唱詞一會兒天，一會兒地，滔滔滾滾的從她嘴裏朝外流，好像她那肚子裏裝的是五湖四海，她可是越跳越抖擻，越唱越有勁兒了。

可憐牛小虎兒這個屠夫，三更不到起來殺豬，又在肉案上站了一天，渾身早已睏乏了，肚皮也餓得咕咕叫，兩眼望見家門了，還得揹著麻包乾等，巫婆既跳個沒完，他只好把麻包放在地上，雙手抱著胳膊，蹲在牆角看她。

「牛小虎兒，你在看張奶奶跳神啊！」一個婦道的聲音在他背後說。

他一轉臉，說話的正是他緊隔壁的鄰居徐小嬸兒，她是個沒了丈夫的中年小婦人，臉黃肌瘦，身子扁平孱弱，活像一隻被壓扁了的火柴匣兒，終日咳咳喘喘的鬧那許多不大不小的毛病，她身邊沒子嗣，只有一個叫素姐的女兒，十六歲的人了，還是精腿細爪的不發膘，站在門前那副可憐樣兒，像是一隻被雨水淋得透溼的小雞。

「哦，小嬸兒，」他站起身來指著說：「我收了案子，正要回家去吃飯，走到巷口，遇著這位小嫂子下差跳神，巷子太窄擠不過去，只好等著。」

「不要亂稱呼。」徐小嬸兒神色緊張，表情神秘的說：「咱們鎮上，全管她叫張奶奶。」

「張奶奶？我的天！」牛小虎兒一發了粗勁，嗓門兒不禁大了起來：「像她這種年紀，做得了誰的奶奶？……依我看，只配做狐狸精的奶奶罷?!」

他這麼一打哈哈不要緊，徐小嬸兒臉全嚇白了，急忙扯了他一把說：

「你要不願等，我就帶你繞點兒路，打我家後門走，繞出前門，回家用飯去罷，你年輕人，說話沒高低，既不是存心開罪，我想，狐仙不會計較的。」

「我偏不走後邊繞，」牛小虎兒更牛起來了：「我倒要瞧瞧狐仙能附在她身上多久？牠們比凡人多了些什麼？——只多一根尾巴和一身皮毛，幹嘛要那麼怕牠們？遇上我，不信牠們比豬還難宰?!」

「哎呀，我的小爺。」徐小嬸兒不住的搖頭說：「甭跟我說這些，你不走，我可要走啦！」

徐小嬸兒簡直像躲避什麼不祥的邪物，踮著小腳咯咚咯咚碎步跑走了的，愈是這樣，牛小虎兒的牛勁越被某種說不出的氣憤給頂足了；實在說，他一點兒也沒氣憤這位年輕標緻的巫婆奶奶，他氣的是在這瓦窯鎮上，拖尾巴的狐狸精要比鄉角老家的狐狸更它娘的威風！

在老家，也有許多人家信狐拜狐的，人說：鬼愛黃紙大錢，狐狸最愛紅包袱（紅紙摺成四方形的錠紙兒，俗稱包袱，拜狐專用）。有人家患了病，請巫家來跳神，紅包袱一燒，狐仙就到，而且唱得蠻有人情味，即使那是貓哭耗子呢，假也有假的慈悲，完全露出拿了人家手軟，吃了人家嘴軟的味道，那時刻，牛小虎兒的大哥牛小龍還沒出門到警衛隊去戴硬帽吃糧，小弟兄倆個結夥，在野地上踼倒了不少處半人高的狐屋，無奈連老娘也信邪，兩人不敢明目張膽的和狐狸作對，原以爲換個地方，到瓦窯鎮來會好些的，誰知道這兒信邪更信得兇，徐小孀兒那種談狐變色的神情，可不是明明白白的刻在臉上？

人長大了，得要賺錢討生活，辛辛苦苦，起早睡晚的幹正經，哪還能像當年做半樁小子時刻那樣，整天把腦筋用在對付狐狸上？小龍成家不久就出遠門，在隊上扛槍吃糧，這一去四五年沒有消息，自己殺豬賣肉出攤子，積賺些錢，不但要養活老娘，還得養活嫂子，勉強糊口沒有賸的，故此年過二十了，還沒法子娶媳婦兒，自顧不暇了，更有好些時沒想到過狐狸的事啦！

這一回，算是碰巧罷？

牛小虎兒足足在冷風裏等夠有一頓飯的功夫，那位張奶奶才算是下了差，呵欠連天的退坐到香火堂子門口的一條長凳上去。

「妳這位張奶奶呀，」牛小虎兒揹著麻袋經過香火堂子門口時，帶著些兒怨聲說：「妳可把人給害苦啦，舞呀唱的，堵住這條窄巷子，害得人沒法子走路！……我的一頓晚飯，全叫妳給耽誤啦！」

年輕的小寡婦抬起頭，故意把眼瞇著，眉皺著，像端詳陌生人似的把牛小虎兒打量著，其實，牛小虎兒心粗氣浮，平素沒注意過她，她卻早在牛家初搬進巷子那天，就注意過這個粗壯得像牛犢子似的年輕漢子了。

「啊呀呀，真是得罪你了！」她叫說：「你不是斜對面新搬來的殺豬賣肉的牛家小哥嗎？」

「一點兒也不錯。」牛小虎兒咧開嘴笑了笑說：「妳倒是弄得很清楚。張奶奶——人家全這麼叫妳，我只好跟著這麼叫妳一聲，妳下回再跳神，好不好甭擋著巷子，讓人在一邊乾等？」

「唷？」年輕的小寡婦露出媚進人骨縫的笑容，一雙青杏子眼，黑溜溜的，不瞄不瞄就斜著瞄了過來：「牛小哥，你知不知道，我這吃巫門飯的，只是仙家的差役，仙家什麼時刻附身，我哪兒能拿得準呀？」

「噢！」牛小虎兒站住腳說：「照妳這麼一說，堵著巷子，害我誤了飯的，不是妳張奶奶，卻是妳供養的那些仙家了？」

「可不是。」年輕的寡婦帶些兒欲含欲露的嬌嗔：「你馬虎些兒，甭當真，我在這兒，替仙家黃三郎向你賠個小心，也就罷了！」

牛小虎兒原本帶著些怨氣，想在路過時說上兩句就罷了的，誰知一跟這位張奶奶搭上腔，妳來我往的，別有一種自家從沒經歷過的滋味，使得他的兩隻腿像叫漿糊黏住似的不想動，挑著她的話音兒說：

「要是我不肯馬虎，硬要當真，又該怎麼辦呢？我到哪兒去找妳那仙家？」

「你要硬當真？好，那麼，我也有話說了！」年輕的寡婦伶俐的說：「我還要講：自打你來到這巷子裏，每一夜全害得人神魂顛倒的睡不好覺。」

我的乖乖，這個張奶奶究竟不是那種老掉了牙的真老奶奶，鮮花般年紀的婦道，哪會有這麼大的膽子？這麼厚的臉皮？初次跟一個年紀相仿的男子漢說話，開口就說出這種比肥豬肉還葷腥的話來，牛小虎兒就真是一隻沾葷吃肉的老虎罷，也叫她說出臉皮發燒，滿臉泛紅。

「我……我不懂我怎麼會……害得妳睡不著覺?!」他舌頭轉動不靈，訥訥的說：「這不會是當真罷？」

「怎麼不當真來?!」巫婆張奶奶說：「三更半夜的聽著豬叫，一聲一聲的長嚎、短嚎，真把你這小殺豬的漢子恨得牙癢癢，我可沒當面找過你呀?不是嗎?」

牛小虎兒這才透口大氣，啊了一聲，人家指的原來是這個，倒是自己表錯情了。

「豬叫妳該怪豬呀，張奶奶，」殺豬馱販說：「屠戶是三百六十行裏頭的一行，爲了討生活，就跟妳吃巫門飯一樣，剛剛我怪的是妳那仙家，可也沒怪妳呀!妳恨得牙癢癢，敢情想吃豬肉了?」

「不錯!」巫婆吃吃的笑起來，指說：「你那麻袋裏有豬肉，留下一塊來餵餵牙，敢情我這牙就不癢了!……我要吃你的肉，你捨得不捨得?」

這個張奶奶怪不得這麼年輕就吃了巫門飯，牛小虎兒心裏話:她的舌頭尖得能繞彎兒，能分叉，三言兩語就能把人給纏住、咬住，緊緊的捆住，他一時語塞了，打開麻袋的袋口說：

「實在對不住，妳瞧瞧，肉全賣掉了，只賸下一些窩囊的雜碎，倒不是我不捨得。」

「好了!好了!」張奶奶伸手捏起一捆帶肉的骨頭，笑說：「拿這個燉鍋油湯，喝了也能安安神。」

賣豬肉的人，全是眼裏帶秤的，牛小虎兒只消輕描淡寫的掃一眼，就估定那捆骨頭少說有四斤多，剛剛自己還暗發怨聲，盤算著整整狐狸精的呢！誰知狐狸精沒整著，頭一個回合就敗在這位張奶奶的手裏，白貼了四斤多帶肉的好骨頭，真它娘碰上了粉紅色的霉氣。這使他想到，對付那種虛無飄渺的狐狸精並不難，對付這種伶牙俐齒的年輕巫婆奶奶，他簡直有些招架不了。

她要是白了頭髮，沒了牙，癟了嘴的，那又自當別論了。

有個是牛小虎兒在肉案子上認識的朋友，那人名孫士進，是個紅臉麻子，連下巴上的一撮老鼠鬍子，也是根根透紅，像是個打從西洋國來的人種。孫士進是瓦窯鎮上靠敲更喊火，拿百家錢度日的窮漢子，鎮上人沒誰叫他的名字，管稱他叫孫大麻子。

孫大麻子人窮嘴不窮，喜歡喝幾盅老酒，更常用一兩文錢，到肉案子上買些窩囊雜碎，回去燒了佐酒。

有一天，牛小虎兒回家，遇女巫張奶奶攔在路口說話，碰巧被喝了幾盅的孫大麻子撞著了，二天轉到肉案邊，孫大麻子口沒遮攔的就說了：

「噯，小虎兒哥，你真是有一手，什麼時候跟著那位張奶奶搭弄上了?!」

「甭胡說亂道的，老麻皮。我跟她只不過是對門的鄰居，說兩句稀鬆平常的話，有什麼稀奇？」牛小虎兒說：「你這樣說話，日後會惹出是非來的。」

「吃吃這種風流寡婦的豆腐，會有什麼樣的是非？你說說看罷，——難道她的死鬼丈夫，那個拐腿小蠻子，會從墳墓裏爬出來跟你捻酸吃醋？……他自己那頂綠帽子戴在頭上，比孫猴兒的緊腦箍還緊，直到做鬼還抹不下來呢！」有了幾盅老酒在肚裏作怪，孫大麻子便倒拎起女巫婆張奶奶的尾巴根兒來了，怎麼長，怎麼短，說了一大遍，等到牛小虎兒反問他：張奶奶的姦夫是誰時，孫大麻子卻不知道。

「嘿嘿，小虎兒哥，反正都是像你這樣年輕壯實的，再怎樣也輪不著我這老麻皮。」孫大麻子打著哈哈說：「你腰裏別著兩把殺豬刀，只怕連狐狸也得朝旁邊站站，不敢跟你爭風呢！」

「笑話，」牛小虎兒說：「我又沒打光棍打傷了心，非去找你說的那種女人。人說：頭水清，二水渾，三水四水黑醬油，我有那種興頭，伸長腦袋去喝醬油滷兒去！你甭門縫看人，把我看扁了，老麻皮。」

「人甭光硬在嘴頭兒上，小哥。」孫大麻子說：「像你這號兒的人物，我見過的太多了，你不找她，她偏要找你，又該怎麼辦？人說：女追男，隔層紙，男追女，隔層山，我是大眼睜著，小眼閉著，瞧定你了！」

老麻皮走後，牛小虎兒忽然覺得心裏很不定當。總覺嘴皮上的話頭，硬過心眼裏的念頭，人在豬肉案子上，只要一分神，一迷惘，那個女巫張奶奶的影子便在他的眼睫毛下面舞動起來，她的黑眸子像兩塊魔性的磁鐵，把人吸著，吊著，恍惚兩腳懸空，虛虛軟軟的飄到半空去了！邪氣，可不是？有一個聲音在他耳邊響著：

「牛小虎兒，牛小虎兒，千萬甭掉進那座陷坑去！萬一不小心，你真要去喝醬油滷兒了！」

正在胡思亂想的時刻，有人來買肉，牛小虎兒不知怎麼地，竟然一刀切在手指上，他這才一斂心神，把那飄浮的思緒暫時抑住，過不上一會兒，他又怪起孫大麻子那個傢伙來。

真箇兒的，老麻皮也許是癩蛤蟆想吃天鵝肉，沒能吃得著，醋火中燒，存心糟蹋那女人的，她總不至全如旁人傳說那樣爛污法兒罷？原先自己對她所存的那一丁點兒非非之想，都叫老麻皮這該死的傢伙一番言語砸碎了，……就算姓牛的人窮，殺豬攊肉案兒，總是個貨真價實的童男子，怎能大睜兩眼跳陷坑，去跟一個婚前就偷漢子，婚後又鬧紅杏出牆的女人去勾搭？這麼說來，單望老麻皮那傢伙說的不是真話那倒還好些。

人說：真的推不掉，假的安不牢，她小張奶奶真要是那種爛污貨色，鎮上人不知道，她太平巷附近的鄰舍也會知道，自己又不是沒長耳朵，日子久了，總會聽著些風聲的，隔壁徐小嬸兒母女倆，跟自己的老娘和嫂子常來往，早晚會透露出什麼來，總之，也不能這麼輕易的聽信老麻皮的一面之詞就是了。

幹嘛爲這不相干的事想上這麼多呢？自己跟那年輕的女巫又沒真的有過什麼，當時還氣不過，想鬥一鬥她所供奉的那些狐狸精的，朝後去，只要不掉進那座陷阱，跟她平平常常的交往，她爛不爛，跟我牛小虎兒有什麼關係？我牛小虎兒有那精神吃狐狸的乾醋?!

就這麼不想不想的想了老半天，直至太陽大甩西，牛小虎兒才懶懶的收了攤子，動身回去。誰知剛走到太平巷口，迎面又跟她遇上啦。

「小虎兒哥，」她老遠就笑著臉打招呼說：「謝謝你那些肉骨頭，湯燉出來，一屋子油香味兒。」

「甭謝我，只要妳的牙根不再癢癢，不恨半夜三更的我殺豬把妳吵醒，那就好了！」

「不癢？怎會不癢？」小寡婦說：「沒喝湯，光是牙癢，喝了你的湯，連心也癢起來啦。」

牛小虎兒暗暗的皺一皺眉頭，老麻皮說話，不能說沒有點兒因由……天上無雲不落雨，浪女人說起話來，勾勾搭搭，扯扯連連的，總是這個調調兒。遇上這樣的場合，自己非得定下心，沉住氣，穩穩的對付不可，念頭一轉，便也裝傻說：

「就算湯是迷湯，也癢不進心去，這心癢是怎麼個癢法，妳說說看？」

「湯又濃，味又鮮。」小寡婦說：「一心的饞蟲全叫勾動啦，紛紛朝外爬，心還有不癢的嗎？……你有賸下的肉骨頭，再給我秤兩斤，我照價算給你，總不成常白吃你的。」說著，偏頭一笑，兩眼又斜過來了。

那個忙不迭的放下麻袋，打開袋口，取出一大塊肥瘦均勻的排骨，遞給女巫說：

「不用秤了，張奶奶，妳留著燉湯喝罷。」

「小虎哥兒，你請進屋坐著，等我來拿錢給你。」

「啊，不不，」小虎兒說：「我就在門口站站就好，不到屋裏去啦。」

朝東的房子，在黃昏時分顯得黯沉沉的，黑黑的門洞是一張怪異的大嘴，牛小虎兒站在門邊，彷彿有一種將被吞噬的感覺，他從沉黯中望過去，這整個的屋子被線香的煙霧浸淫著，靠牆放一張茶褐色的長供桌，三座用黃紙糊成的狐仙牌位，略略朝前傾斜，露出一副伸長脖頸聞嗅什麼似的饞像，在長供桌中間的香爐和燭台前面，盤盤碗碗的，擺設了十多種已經乾霉了的各式果供，兩面疊放著一封一封的香燭、黃紙、紅紙和一串串像爛紅眼似的紙錢，狐仙牌位背後的牆壁上，貼著五花八門的符咒，還有些小八卦、桃枝、乾蒲葉、小葫蘆之類的怪玩意兒，掛壓在符咒上面，總之，這光景，這色調是沉黯慘愁的，帶有一股子妖異的狐味，那樣懾迫著人。

他猜不透，像這樣一個年紀輕輕，俏刮風流的小寡婦，跟那拐腿小蠻子做過一段已經變成鏡花水月的夫妻，既談不上有多深的恩愛，又沒留下子息後嗣，按理說，她大可找個新的戶頭，無需乎要孤單單的把自己窩藏在這座黑穴似的黯屋裏，跟那些拖尾巴的狐仙去打神秘的交道！……她除了假著狐仙爲名，詐取一些香火錢之外，他不能相信那些騷玩意兒真能給她另一些她所要的什麼。

這一剎之間，牛小虎兒心裏很混亂，理也理不出頭緒來，他一面有意要鬥狐，被這種慘淡的神秘的光景吸引著，要想法子更進一層的去詰尋個究竟；一面又受了老痲皮那種警告的言語的影響，怕萬一掉進陷人坑去，變成一個像拐腿小蠻子那種收破爛的男人，光是這兩種對不上頭的感覺還難不住他，最使他困惑的是：一見了這個女人，他就像遭了魔魘似的，兩條腿發軟，腳跟彷彿被釘子釘在地上。

甚至於在女巫張奶奶掀起房門簾子出屋遞錢給他時，他還像中了定身法似的木立著，接的不是錢，而是抓住了她柔滑得像豬肚兒似的手指，——他一點兒也沒存心那樣去討她便宜。

他回到自家的屋子裏，業已是掌燈的時分了。

多年沒有修整過的灰磚老屋子，在一盞熒熒的豆油燈底下，光景總是慘淡的，尤獨到了這種秋深的時刻，風在瓦簷下面打著尖溜溜的胡哨兒，把木格的油紙窗搖得咯吱咯吱響個不停，屋裏的兩個婦人——老娘和嫂子，就會悶聲不響的對僵在桌邊，妳嘆一口氣，她嘆一口氣，把燈燄嘆得兩邊搖晃，不知先勸誰才好？

牛小虎兒何嘗不知道她們心裏想的是什麼?!做哥哥的小龍一去這幾年沒影兒，連一封信也沒朝回打，把個嫂子撇在家裏，長年像喝多了冷風似的朝外嘆氣，叔嫂倆拘於古禮，平時像隔著一層什麼，就算有話，也只是老生常談的那麼三言兩語，勸都無從勸起，看樣子，做哥哥的一天不回來，她的心是不會有一點兒溫熱的了。

至於老娘想兒子，那更不用說了，一陣想的緊了，淚眼婆娑的，把老眼越弄越昏花，幾乎變成半瞎，每逢著這樣的夜晚，人就像被壓進酸菜缸，一直酸苦到骨頭裏去，表面上，還得裝成沒事人的樣子，有時候，不是沒勸解過，但總是越勸越糟，日子久了，才發覺那樣子去勸說整頭腦瓜子女人，是一宗最傻的傻事。

他不聲不響的放下麻包，打算溜進灶屋去吃飯，還沒轉身呢，牛姥姥就說了：

「我說小虎兒呀，你收攤子怎麼這麼晚？掌燈都掌了好一會兒了。」

「我收攤子並不晚，娘。」牛小虎兒直爽慣了，不願意跟他老娘打謊：「咱們斜對面有個巫婆小張奶奶，攔住我，買了幾斤賣賸的骨頭，耽誤了一會兒。」

「這也罷了。」牛姥姥說：「剛剛徐小孀兒母女倆過來串門子，陪著我跟你嫂子聊了一會兒天，也不知怎麼的，我一聽著落晚的風聲，先想起你哥小龍來，後又記罣著你，心裏總不定當！朝後去，能早，就早點兒收攤子，不要等到掌上燈，人還不回來。」

「好，我明兒起，就早些收拾攤子，回來陪您。」小虎兒說：「寒天晝短夜長，也該提早收市的。」

「小龍嫂，」做婆婆的說：「妳去替妳兄弟張羅飲食去，耳鍋的湯涼了，要起火熱一熱。你過來坐這兒，小虎兒，娘有話想跟你講。」

牛小虎兒挪張凳子坐在油燈旁邊，做娘的瞇起老眼把他端詳著說：

「徐小孀兒這人，我看她蠻溫厚的，丈夫早過世了，寡婦孤女相依為命過日子，剛剛我聽她的口氣，對你倒是挺看中的，她閨女素姐兒也十六七歲了，人生得孱弱些，論針線活計，操勞家務，都還挺勤快的，你年過二十沒成親，這倒是個機會，也不用找媒人，娘我只要跟小孀兒一提，事情也就成了。」

牛小虎兒望著泛紅的燈燄，沉吟著。

自己雖說搬來太平巷不久，又早出晚歸的忙著殺豬賣肉的營生，旁的鄰舍不熟悉，但跟徐小孀兒母女倆還不算太生份，素姐那個妞兒，自己見過兩三次面，並沒交談過一言片語，娘說她有十六七歲，自己只覺得她有十三四歲，黃黃白白一張病臉，滿頭稀黃的頭髮像火燒了髮尖似的鬈曲著，薄薄的嘴唇沒有血色，兩耳又薄又透明，迎著太陽，看得紅線似的血絲兒，人朝哪兒一坐，坐多久也不吭聲，活脫是隻去了子兒的乾黃葫蘆，敲也敲不響的，……若說把她娶來當媳婦兒，真是想也不敢想！

「你怎麼不說話呢？小虎兒。」

「啊！」這回輪到他自己嘆氣了，吹燈似的嘆了口大氣，勉強擠出一絲苦笑來說：「娘，您不覺得素姐兒那閨女的年紀太小麼？您要真想早抱孫子，會落空的。」

「這個，娘我也想過了，」牛姥姥說：「我們雖沒有積蓄，算是貧苦人家，好在佔著你殺豬賣肉做一門生意的便宜，臢皮臢骨熬熬湯，也不會缺油水，讓她好好的多喝兩年油湯補一補，也許身子就變壯了。」

「也許總只是也許呀！」牛小虎兒說：「媳婦兒不像是街頭上賣的貨，保用保退換的，萬一她像她媽一樣，不見子嗣，那又該怎麼辦？」

這一問，正像一棒打在牛姥姥的心窩上去了，她猶疑起來說：

「依你該怎麼辦呢？」

「依我，不妨壓些時候再講罷，」牛小虎兒說：「也甭急著跟徐小孀兒提起，也許小龍哥他眼前就會回來，他一回家，您還愁孫子抱不成嗎?!」

說這話時，牛小虎兒心裏恍惚也覺著，若沒有那個小張奶奶從自己心底下作祟，他不會像這樣推托的，——雖然老麻皮的話，使自己對她起了戒懼，但她那雙黑眸子在心裏一流轉，自己可就抗不了那種迷亂。

人長大了才會怕狐狸，總有些兒道理在罷？

每過三五天，殺豬馱販就得下鄉去收買豬隻，用手車推回鎮上來養著待屠。

牛小虎兒去買豬，得找個幫手，他在鎮上人不熟，一找就找了孫大麻子，老麻皮答允幫忙，不過他說：

「小虎兒哥，我幹的是巡更喊火的差事，白天總空著，幫忙沒問題，但夜晚總得趕回來敲梆子，一天不巡更，白拿百家錢，人家背地裏會罵得我兩耳發燒的。」

「那不要緊。」小虎兒說：「咱們只是到鄰近的莊子上去走走，一大早動身，天一黑就趕回來，準不耽誤你的正事就得了。」

兩人大早推著手車上路，沒事只有嗑閒牙，老麻皮為人極爽快，牛小虎兒便把心裏的事給抖了出來：

「你說的不錯，老麻皮，那位小張奶奶，真的常攔在巷口，找著我說長道短的，這女人見的世面多，說起話來，真不好應付呢。」

「廢話！」老麻皮一吼，粒粒麻窩兒都泛了紅：「要是舌頭不能繞彎兒，這碗巫門飯，她能吃得下來，遠近都有名聲嗎?我早說過，她不瞧上你便罷，一旦瞧上你，拔根頭髮就能把你給扣住，你想跑全跑不掉的。」

牛小虎兒聳聳肩膀，不以爲然的：

「那倒不見得，除非那些拖尾巴的玩意兒傳給她迷惑男人的邪法，……你要曉得，她供奉的全是些公狐狸，霸佔她還怕來不及呢，哪肯把她朝外推送?!」

「照你這麼說，好像世上真有那麼多靈狐似的。」孫大麻子吐了一吐沫，問說：「你見過多少狐仙呀?!」

「跟你說實在的，老麻皮。」牛小虎兒說：「我自小跟我哥小龍倆兒，就是不肯信這個邪；非但不信邪，還搗毀不少狐屋，也沒見狐仙來報復什麼的，不過，如今人長大了，信雖不信，心裏總是疑疑惑惑的拿不定。」

「你拿不定什麼?」

「拿不定究竟有狐沒有狐呀!」

「狐狸當然是有。」老麻皮嗨嗨的笑著說：「牠們跟黃鼠狼這種放騷放臭的東西，是一票兒貨色，但我它娘至死也不信有什麼狐仙。」

「照你這麼說，那一部聊齋全是鬼話囉?」

「不是鬼話，你難道把它拿當史書看？」

兩人一路走，一路聊，聊著聊著抬起槓子來了。

太陽昇高起來，老麻皮停住車子，歪身坐在車把上吸袋煙，使手巾抹汗說：

「好罷，咱們歇一陣子，先聽你說。」

「不不，」牛小虎兒說：「先聽你講。」

孫大麻子捏著小煙袋桿兒，送進嘴裏，唧一唧又拔出來，彷彿責怪牛小虎兒不通氣，心裏有點兒怨聲，急於吐出來，此時此刻，說話更勝過叭煙了。

「人說：耳聽是虛，眼看是實，不管人家傳說怎麼靈異，我單問問你，你親眼看見過？還是親身經歷過？要是輕信旁人的話，那?!……那自己就沒日子過了！」

他說了一截兒話，再想到吸煙，再把煙袋嘴兒塞進嘴，煙鍋裏的火又熄掉了，一時又不願再去打火，只好胡亂叭兩口，意思意思：「旁人怎麼說，我不管，我這半輩子，夜夜巡更，可沒見過能變人的靈狐。」

「人全說我牛小虎兒拗勁足，誰知這回遇上你老麻皮，我也不得不認輸了。」

牛小虎兒說：「早先我也不信有狐狸精，自從遇上這位小張奶奶，我一見她，就恍恍惚惚的，好像受了狐媚，你說怪氣不怪氣？」

「嘿嘿，」孫大麻子乾笑著：「即算真有狐狸精能變人，那倒並不可怕，我說，像小張奶奶那種活活的人狐，才真怕人啦！你沒聽說過：二八佳人女多嬌，腰裏藏把殺人刀嗎？……她不單要吃你的肉，還要窮啃你的骨頭，我問你，你有多少骨頭經得住她啃的？」

「你說話甭朝邪處說好不好？」牛小虎兒說：「我要真對她有意勾搭，你就冤枉我幾句也沒話說，怪就怪在我並沒跟她怎麼樣呀！」

「這就是人狐厲害的地方！」孫大麻子變得認真起來：「不信你瞧著罷，她的綑仙繩兒就要祭起來了！……等歇咱們怎樣捆豬，她就會怎樣捆你的！」

老麻皮沒喝早酒，說的也不是醉話，牛小虎兒叫他說得心虛虛，意怯怯的，憑心而論，那位小張奶奶的相貌、體態，長得真夠迷人，若說見了她不動心，那就算不得男人了，可是，話得說回來，再好的酒，一旦走了氣，變了味，喝起來就不是那麼一回事了，亂偷漢子的女人，哪怕她是天仙臨凡，照樣少沾惹為妙！人生在世，酒色財氣這四大關口，色字關最是難過，自古道：英雄難過美人關，何況乎我牛小虎兒只是個殺豬賣肉的粗漢子？要想避開小張奶奶的糾纏，最好的法子，就是依照老娘的意思，跟徐小嬸兒家那個病病歪歪的素姐兒把親事訂妥，早點兒娶過門，讓她死了這條心，——假如那位小張奶奶對自己真的有意的話，當然，這只是按照老麻皮的推測論，並不是自己一廂情願的自作多情……

「我說，老麻皮，瓦窯鎮上有你這樣的人，為什麼還有那麼多的人信巫道，信狐仙呢？」過了好一晌，牛小虎兒才說：「你既有這套道理來說我，為什麼不跟那些人去說？」

「我嗎？」孫大麻子笑笑：「我只是個巡更守夜的老傢伙，我醒著，人全當我是喝醉了的，我的話聽在旁人耳朵眼裏，都只是些瘋言瘋語，我幹嘛再去脫褲子放屁？——沒事找事幹?!咱們還是上路罷！」

太陽在人頭上照著，即使是深秋葉落的季節了，逗上這種晴和天氣，四野還是暖洋洋的，遠處響著落花生篩子有節奏的踏板聲，路邊的田野裏，也有人在收著紅薯，倆人輕快的推著空車子朝前走著。

「你剛剛是說：鎮上沒人肯聽信你的話？」牛小虎兒又拾起話頭來。

那個搖搖頭，噓了口氣：

「你就是說爛了嘴唇皮，他們仍然要信那個邪，你有什麼辦法？我倒不是鬥不贏狐狸，只是說不贏巫婆們的那許多張靠說謊吃飯的嘴，你甭瞧著你那位芳鄰年紀輕，入道不久，她在巫門裏，最會領著頭起鬨的，東街關王廟邊的賭場上，有幾個巫童是她的保駕，我要是當面開罪她，我這把老骨頭，準會被他們給拆散了的。」

「它娘的，有這回事？」牛小虎兒說：「我倒不在乎這個，咱們先撇開那位小張奶奶不談，老麻皮，要是那幫子賭場上的潑皮敢觸碰你一根汗毛，你只消跟我關照一聲，我就給點顏色給他們瞧瞧！」

「真的？」

「難道還是假的?!」牛小虎兒扯開衣襟，在胸脯拍了一巴掌說：「咱們在對付狐狸之前，不妨揍揍那些吃狐狸飯的，試試他們的靠山會不會豎起尾巴當旗桿？」

他這麼一說，孫大麻子的兩眼發亮起來了：

「小虎兒哥，這話可是你自己說的?!你要真動手揍巫童，小張奶奶就會出面跟你鬥法，我敢打賭，你是非輸不可！……捆仙繩兒一繫，你就直腿直腳了。」

兩人到一個莊子上去買豬，買妥了豬，動手去捆放在手車上時，孫大麻子指著豬笑說：

「到那時，你就會變成這個樣子，一動也不能動，只有打哼哼的份兒。」

「不要把話說得過早，」小虎兒說：「等到那時候，你再呲起門牙笑我也不晚，是不是呢？」

孫大麻子這個孤獨的老傢伙，硬拗著時風不信邪，也許曾受過太多的窩囊氣罷，要不然，他幹嘛這麼起勁的用激將法兒一路窮煽火？牛小虎兒雖然想過這一層，卻一點兒也不計較，他雖然怕跟那位小張奶奶有瓜葛，但說是鬥鬥其餘吃狐狸飯的，自信還綽綽乎。

「我得問你一句話，小虎兒哥，」老麻皮在晌午回程時，想起來問說：「你跟那個小張奶奶親面講話，有沒有點兒臉熱心虛？有？或是沒有？你照實說，路上只咱們兩個，你用不著圓謊。」

「你問這個幹什麼？」小虎兒的臉紅了一紅說。

他天生是不會圓謊的人，嘴還沒張，臉上的神情業已把心裏的話給說了。

那個斜乜了他一眼說：

「所以我說：人狐厲害就厲害在這種地方，她黑眼一飄，掩嘴一笑，一陣風就把你送到天雲眼兒裏去了，狐媚侵心入骨，你連人全不知在哪兒？拿什麼抗拒她?!像她那種女人，獨吃年輕的小光棍，這就是我爲什麼敢跟你打賭的緣故。」

「實不瞞你，老麻皮，」小虎兒說：「當我初次在巷口遇著她時，多看她幾眼之後，確有些迷裏迷糊，不過，弄清她的底細時，我可不那麼傻，心甘情願的去拾她那種破爛了！」

「你要決意這樣，那就好了，只要老狐狸不鑽進你心裏作祟，那麼，她小張奶奶也就沒什麼好怕的了，……她儘管還有旁的手段，只要捆不住你的心就行！」孫大麻子一本正經的說：「像我敗在酒蟲的手上，就是因爲心裏戀著酒，我想你該懂得這個道理。」

買豬回來，牛小虎兒跟孫大麻子分了手，他一直把兩人在路上閒聊天時所說的話記在心裏，殺豬賣肉的苦行業壓著，使他並沒真的到關王廟那邊的賭場上去，硬找那些巫童的麻煩，至少，他對小張奶奶那個女人，是決心看淡了，有一兩回，收了肉案子回家，在巷口遇著她，他都低著頭一逕走過去，沒加理會她，漸漸的，他對徐家那個病弱的素姐兒，倒反關切起來了。

我在這兒穩守著不動，牛小虎兒這麼想過：我倒要瞧瞧她小張奶奶怎麼樣祭起她的捆仙繩兒?像老麻皮形容的那樣，把我捆得直腿直腳!……

一些時辰等過去，小張奶奶並沒有動靜，她的香火堂子，香煙旺盛得很，成天進進出出求她定風驅鬼，跳神醫病的人跑破門檻兒，也不斷有較遠地方的病人家裏，放了牲口來接她，偶爾她碰著牛小虎兒，不像當初那麼找話說了，只是黑眼溜溜笑一笑，意思像是——你不過楚河，我也不過漢界，咱們不妨別一別苗頭?!

情形越看越明白了，小寡婦吃這行巫門飯算是走對了路，成千上百的病家，眾星捧月似的把她呵捧著，哪怕過去她身上有再多的窟窿眼兒（意即短處），也沒有誰敢直指出來，即算連指著黃瓜罵喇叭（喇叭，一種野生的瓜果類植物，實小而圓，形如西瓜，惟僅拇指大。）也多少有些顧忌，何況這張奶奶的三個字名頭叮噹響，病家越來越多，哪會把自己這個殺豬賣肉的放在眼下?!既然如此，牛小虎兒更是弄不明白，當初她爲什麼又那樣熱熱乎乎的衝著自己?當真如孫大麻子那樣料想的?那未免又太如意了一些，……既然跟她交往的巫童很多，她何必單找個殺豬賣肉的?

他不能不這麼暗暗的自嘲：

「也許她以爲我身上的油水多些!」

在牛小虎兒宅子裏，認真談起斜對面的女巫小張奶奶，還是由隔壁徐小嬸兒起的頭。

秋末冬初，是當年小龍離家遠行的時辰，這幾天裏，牛姥姥夜夜都做些可怕的惡夢，夢見大兒子牛小龍血糊糊的回來，一進門，就撲跪在地上嚎哭；小龍嫂也曾極力的苦勸婆婆，說夢是心頭想，小龍離家太久沒消息，上年紀的人，難免牽腸掛肚，疑神疑鬼，總擔心出了什麼岔事，白天的心事帶進夢裏去，也是常有的。勸是這麼勸著，但小龍嫂本身正是一個傷心的人，一面勸，一面叭噠叭噠的掉眼淚，反使做婆婆看著不忍，反過頭來勸媳婦，倆人傷心傷到一頭去了。

正好徐家母女倆過來，牛姥姥就牽著徐小嬸兒說：

「小嬸兒，妳可知道，鎮上有沒有誰會圓夢的（即解釋夢境），這些時，我常夢見小虎兒他哥，心裏放不下，很想請人來，把夢給圓一圓。」

徐小嬸兒沉吟了一會兒，才勉強的說：

「照理講，凡是開香火堂子的奶奶們，都能替人圓夢的，姥姥妳既住在這兒，若是放著斜對面的小張奶奶不請，反到遠處去請人，也不妥當，就請她來家，也就罷了！……請她央托仙家下來，求仙家把小龍在外的事情說一說也行，要不然，要她寫一道符，召小龍他爹的陰魂來問一問，那更好。」

那個牛姥姥若是不信邪的人，您徐小嬸兒再怎麼說，她也不致於就那麼聽信的，偏偏她跟小龍嫂倆個，全是信狐信鬼的人，經徐小嬸兒這麼一提，全都叫說動了。

「這位小張奶奶，看起來要比咱們的媳婦小龍嫂更年輕，」牛姥姥說：「想必她出道的時辰也不長，不知道法深不深？」

「很難說。」徐小嬸兒說：「但四鄉八鎮的病家，多半都信奉她，咱們瓦窯鎮各香火堂子，以她這一堂的仙家最靈驗，聽外頭相傳的口風，她是後來居上，名氣比旁的奶奶們更響得多。」

牛小虎兒在旁邊一聽，這可好?!自己原想對付那些拖尾巴的邪貨的，嘴動身沒動呢，老娘和嫂子業已要把那巫婆給請進門來了！他這麼一急，急出話來問說：

「徐小嬸兒，旁人的傳言也是不可信的，妳說小張奶奶靈驗，妳親眼見過沒有？」

「我說，小虎兒哥，我曉得你不信這個，」徐小嬸兒望著他，有些戒懼的說：「你可是摸不清小張奶奶供奉的那三位狐仙究竟是怎麼靈驗法兒?!你朝後說話，千萬要當心些兒，仙呀，鬼呀，都是瀆犯不得的……」

「牠們究竟怎樣靈驗法兒？妳說說看，我在這兒聽著就是了！」牛小虎兒打斷她的話頭說：「妳放心，我不會替妳們亂惹是非的。」

徐小嬸兒這個被長年久日的悲愁浸透了的女人，不論開口說什麼，總是拉長著她那張蒼黃失血的苦瓜臉子，眉頭上一鎖一把疙瘩，滿臉的皺紋，條條都朝下面彎曲，要是不知道她在自擠苦水，那就得承認她是在悲天憫人了！……這種命帶酸苦的孀寡，說起話來，你就是不看她的臉，也能從那種絮絮的話音兒裏，聽出一股寡婦味來：

「太平巷這一帶的房舍，全都是窄門面的狹長老屋，有些房舍，還是百十年前蓋的，又黯又潮，陰氣重得很，你們搬來的前一兩年，好幾家宅子還鬧狐仙。

裏面的丁家先鬧起來，丁老實的兒子小扣兒，能用手指把眼睛珠兒從眼眶裏摳出來，頂在大拇指上走路，等歇再揉進眶裏去，不疼不癢的，問他，連他自己也不知道，……人都說是狐仙耍的障眼法兒。

……稀奇麼？更稀奇古怪的事情還多著呢！小扣兒夜晚睡覺，明明是睡在床上的，他媽半夜醒來，替孩子蓋被，一摸，孩子不見了，驚慌失措的掌起燈到處找，喊叫也叫不應，壓後才發現小扣兒鼾聲呼呼的，睡在離地丈把高的橫樑上，附近沒有梯子，一個大人也爬不上去，何況一個孩子？」

「菩薩！啊！仙家！」牛姥姥出神的聽著，徐小嬙兒每講一兩句，她就語無倫次的這樣應著，表示衷心嘆服她不能理解的神奇和靈異，——彷彿在世爲人的本份，只配喊一喊菩薩和仙家名字就夠了。

牛小虎兒歪著嘴角，勉強牽著一絲諷嘲什麼的笑意來，淡淡的說：

「敢情又是仙家耍的障眼法兒？」

「一點兒也不錯，」徐小嬙兒虔誠得連臉都僵硬變形了：「不是狐仙，誰有那個能耐？能把一個熟睡的孩子托到樑頭上去？」

「那就找了小張奶奶？」

「是啊！她只是燒了幾道符，把黃三郎請來，在宅子裏一呵斥，朝後丁家宅子就安靜了，再沒鬧出旁的事故來，直至如今，丁老實老夫妻倆，還誠心誠意的出一份香火月費，給小張奶奶去答謝仙家呢！」

「啊！菩薩，仙家，真是百靈百驗啊！」牛姥姥又在一邊不住的禱告著了。

牛小虎兒禁不住的想笑出聲來；在老家的茅屋前面，麥場角上，有棵彎腰的老柳樹，村頭有個爛紅眼老頭兒，滿肚子全裝的是鬼和狐的故事，那要比徐小嬙兒講說的精彩得多，……說不了總是個故事，自己從沒把它當成真的，儘管有時也疑惑過，就像面對著女巫小張奶奶時所生的那份疑惑一樣。

「小嬸兒，我是說，妳自家遇著過這類的事兒沒有？……我只想問妳們的事兒。」

「我們家……也鬧過……」素姐兒怯怯的說：「又拋磚，又弄瓦，鬧得人夜來全不敢闔眼！」

「那可不是真有大道行的狐仙，只是些初成精的妖物罷了。」徐小嬸兒說：「牠們也不知怎麼的，看上了這個病弱的素姐，存心戲弄她……素姐兒早時替她自己繡了一雙滿幫花的鞋兒，鎖在描金箱子裏頭，準備著新年穿的，誰知也被牠們扭斷鎖簧偷了去，掛在巷口，很多人過路時都看見那雙鞋，議論紛紛的，全猜是哪家閨女不安份，穿了它偷會情人，被人驚散了跑落下來的，我當時做夢也沒想到會是素姐繡好的新鞋兒，還是閨女跑去才認出來的，——鞋底幸好沒沾一粒泥污，要不然，素姐兒的名譽就會被糟蹋得不成話了！」

「實在沒辦法，只好就近找了小張奶奶，央托她把這事源源本本的稟告仙家。」

「仙家怎樣辦呢？」牛小虎兒說：「牠們都是拖著尾巴的同族呀！」

「噓……」徐小嬸兒悄悄的噓了他一聲說：「快甭說這種話，小虎兒哥，同族可不同類，狐仙跟妖仙可真是大有區別的呢！……小張奶奶來宅，請了仙家，那一回，黃三郎，秦四郎，蔡十郎，三位仙家都輪流下來，說是妖狐擅入人家黃花閨女的閨房，蓄意敗壞人家閨女的名節，又抛磚擲瓦的，弄得人家孤兒寡母的宅子不安寧，就憑這三條大罪，判定當斬！」

「斬了沒有呢？」

「怎麼沒有啊！」徐小嬸兒說：「就在跳神過後的第二天大早，一顆血淋淋的狐頭就懸在太平巷口，——正是前幾天妖狐掛繡鞋的老地方！這宗事兒，可是千真萬確的，我們自己親眼見著來。我說小虎兒哥，人家小張奶奶供奉的仙家既有這等的靈驗，你能叫我們不死心塌地的信奉仙家嗎？」

對著這種振振有詞的說法，牛小虎兒爲難住了，真的，他並不懷疑事情的經過確是這樣的，徐小嬸兒母女倆，尤獨是平素不肯多說話的素姐兒，沒有道理硬編造這樣的謊話去抬舉那個女巫，但他卻疑心事情背後，總還隱藏著一些別的什麼？他一時心裏混亂，指不出他究竟疑惑著什麼?!

徐小嬸兒這番話雖然沒說服了牛小虎兒，但卻把牛姥姥和小龍嫂給說服了，牛姥姥可不管兒子心裏抱著什麼想法，交代說：

「小虎兒，今兒天太晚了，人家小張奶奶也許早歇啦，你記著，明兒你早些收拾攤子，替我買些禮物，回來先去替我把小張奶奶請來家，我要問一問你哥哥小龍的事情，也好放下這條心。」

換是任何旁人，牛小虎兒都有話好說，他雖是殺豬賣肉的粗漢子，卻是個道道地地的孝子，老娘為小龍離家掛心，哭哭漣漣的不止一天了，她在傷心欲絕的時辰，小虎兒實在不願跟老娘頂撞，明明有話，也噤住不說了。……就算把妳小張奶奶請進門，看妳又能耍出什麼花樣呢？他嘴上沒說什麼，只在心裏嘀咕著。

一天他並沒另外買什麼禮物，只捆了一張多毛的肉皮，幾根豬嘴上剁下來的帶牙的骨頭，照著老娘的意思，在下傍晚收拾了攤子之後，一腳跨進女巫小張奶奶的屋子裏，揚聲叫說：

「有人在家嗎？」

「誰呀？」小張奶奶的聲音，隔著桃紅花布的房門簾兒，懶洋洋飄了出來。

「殺豬賣肉的牛小虎兒，送妳一點兒肉皮跟大骨頭。」那個大聲的說。

房門簾兒朝上一撩，女巫小張奶奶半側著臉，倚著房門框兒站著，懾人的黑眼盯在牛小虎兒的臉上，她手指挑著的房門簾兒徐徐的鬆開了，手臂仍然懸在空裏，讓那桃紅色的門簾兒落在她的肩膀上。

她今天的打扮，要比往常嬌豔得多，上身穿著粉紅的團花緞子緊身襖兒，襯著湖綠色的織錦長裙，即使屋裏沒有什麼風，也小波小浪的漾動著；也許她正要打算換裝，小襖的扣兒解了兩三粒，領口半敞開，露出一截雪白粉嫩的脖頸，頭上的道姑髻也鬆散了，兩綹長髮，順著一邊拖垂著，看上去分外的慵懶撩人。

「唷，是小虎兒哥，總算是進屋來了。」她說：「你不是在忙著嗎？」

「我有什麼忙不忙？還不是老模樣兒，成天幹那白刀子進紅刀子出的老行當。」

「既進屋，就坐著，我替你倒盅茶來，用不著像根木樁似的楞站著。」小張奶奶手動，腳更快，轉眼端上茶來，望望牛小虎兒說：

「前幾回，在巷口遇上你，人家跟你打招呼，怎麼連理全願得理？」

「有這回事？」

「當然有。你總不會忘記得這麼快罷？」

「那定是我沒看見，……站了一整天的肉案子，肚子餓透了，」牛小虎兒笑了笑說：「人說：飽看天，餓看地，人一餓成那樣子，走路只會看腳尖！一時沒見著妳，諒必不會怪罪我罷？」

「那怎麼會怪罪你呢？」小張奶奶也坐了下來說：「我們同住一條巷子，不是外人，人說：遠親不如近鄰，近鄰不如對門，誰叫咱們對門來著。」

「對門是對門，」牛小虎兒一語雙關的帶嘲說：「只是略為斜（邪同音）了一點兒，不知是我那邊邪門兒還是妳這邊邪門兒？」

「看不出你這麼會說話？」小張奶奶說：「徐家那個素姐兒，天生一個病弱的悶葫蘆，有哪一點能配得上你？你這些日子像是樂得暈淘淘的。」

「妳怎麼知道我跟素姐兒要訂親？是妳那些仙家未卜先知算著的？」

小張奶奶打鼻孔裏出氣，輕輕哼了一聲：

「一條巷裏的事，還能瞞著誰？你那未來的丈母，提著你的名兒，就樂得闔不攏嘴，我猜也不用猜，就知道你們的事兒了。」

「可惜妳是自作聰明，猜左了。」牛小虎兒說：「跟徐家，壓根兒全沒提過這種事情。」

「好罷，就算我猜左了，咱們是小雞啄米，各人肚裏有膝（數同音）就是了，你今兒怎會想到來這兒？」小張奶奶說：「怕我犯了老毛病，——睡不著覺？」

「開門見山的說了罷，」牛小虎兒說：「我那老娘和我那嫂子，爲了我哥出遠門，幾年沒音訊，心裏記罣的慌，想請妳過去行鬼關目，……就爲這個，我不能不來一趟。」

女巫把她水汪汪的黑眼瞇了一瞇說：

「我知道，你是不信我們巫門這一套的，何必違心行事來找我呢？不論是請仙也罷，拘鬼也罷，叫我該怎麼說法兒？我怕的是說好也不好，說不好也不好，……因爲一下差，一跳神，我可左右不了仙家說什麼，鬼魂說什麼。這話我可是說在前頭了！」

「妳無需擔心這些，事實怎樣就怎樣好了！」牛小虎兒忽又兜轉話頭，故作神秘的說：「要是這世上真的有狐有鬼的話，好歹與妳有什麼相干?!……不過，說真箇兒的，妳果真相信這世上有狐有鬼嗎？」

「我的天！」女巫驚叫說：「你怎敢在香火堂子裏放膽說這種話？」

「不敢當，」牛小虎兒悄悄的說：「我可不是妳的天（即丈夫之意），妳的那塊天，不是早塌了，埋在地下去了！」

「你這死鬼！」小張奶奶臉一紅，伸手過來，在牛小虎兒的腿上使勁擰了一把，她鬢間桂花油混和著香粉的氣味，使牛小虎兒心旌又搖晃起來，……老麻皮所指的捆仙繩兒，諒必就是這個。

不過這一回，她的狐媚並沒能迷惑住他，他是有備而來的，只是在表面上裝傻而已，小張奶奶一口答允了他，吃完晚飯就到他家去看望牛姥姥，並且告訴他說：

「小虎兒哥，我得跟你說明白，行行都有行行一定的規矩，吃巫門飯，也是行業，你是信則有，不信則無，千萬不可存心輕慢，你跟我開心逗趣不要緊，可甭在我請仙拘鬼、下差跳神的時刻說那些輕言慢語，萬一出了岔事，我可是沒有辦法的。」

話雖說得溫柔和緩，牛小虎兒仍不難聽出她的話音兒裏，多少含著些恫嚇的意味，也許她仗恃著那些嗜賭的巫童做靠山，能罩得住一個外鄉的小子罷？據他所知，那些巫童，多少都會耍幾套拳腳，而且都有些會生鬼主意的歪腦袋的。

「好罷，我的小張奶奶。」他點點頭說：「我先回去，在宅裏等著妳，妳飯後一定來就是了。」

「單望你不要輕慢鬼神。」

「嘿嘿，」牛小虎兒粗豪的笑出聲來，又輕輕湊近她說：「那得看鬼神是附在誰的身上，我就是不信妳這一門兒，難道會存心拆妳的蹩腳嗎？……話得說回來，妳的神祇要是不靈光，妳可不能再怨我了！」

這是開始，牛小虎兒跟女巫張奶奶兩個表面上一團和氣，暗裏卻鬥起法來。一個是纏纏繞繞，軟軟綿綿的捆仙繩兒，一個卻是亮亮霍霍，鋒鋒利利的殺豬刀，究竟到頭來是誰輸誰贏？莫說旁人不敢斷定，就連兩個當事人本身，也都難以知道……

牛小虎兒剛回宅裏用罷飯，小張奶奶業已風擺柳似的踏進大門來了。牛姥姥婆媳倆個，捧寶似的把巫婆小張奶奶接進屋子裏來，把心底下一把把亂絲般的淒苦遙念，全都像上了繭山的蠶似的吐了出來。

「我那大孩子小龍，不該就這麼沒音沒信的。」牛姥姥擦著老淚說：「原先我只是早早晚晚想的慌，這如今，一做這種駭人的怪夢，更是惶惶無主了！徐小嬸兒沒口誇讚妳的道法靈驗，看看要行怎樣的關目？一切全依妳，張奶奶，不論好或歹，我只要曉得小龍他的消息……」說著說著，一把鼻涕一把淚的啜泣起來。

「這您不用愁，」小張奶奶說：「仙家雲遊四海，千里外的事情，祂都弄得清楚，這就請備香燭，我好禱告仙家下來，爲您說個明白罷！……」

聽說牛姥姥請小張奶奶來下差，徐小嬸兒母女，丁老實夫妻，左右好些信奉仙家的鄰舍都趕了過來。

牛小虎兒少不得當了小張奶奶手邊幫閒打雜的，她一會支使他點香插燭，一會兒央他放蒲團，取法具；她自己卻穩坐在一把古舊的靠背椅上，搖頭晃腦的唸禱著：

「我替牛門朱氏王氏，燒香叩禱，因有疑難之事，懇求仙家騰雲駕霧，來到凡間，爲朱王二氏婆媳決疑……」

那種發自肚腹的聲音，又尖又細，又帶著一種顫抖的韻緻，狐味十足，令人懼怖。

初夜的秋風，冷冷尖尖的捲著落葉，打在油紙窗上，牆根壁洞裏的一些半僵的秋蟲子，仍然在一聲遞一聲的吱唔著。女巫小張奶奶禱告的聲音越變越細，越變越小，最後僅像一隻垂死的蚊蟲在搧動著小翅，漸漸的，漸漸的，變得渾身癱軟，聲息全無，歪垂著頭，分攤開兩手，閉上眼睛，彷彿倒在椅背上盹著了的樣子。

牛小虎兒站在一邊盯瞧著她，心想：這女人真會裝腔，大約這陣兒正是魂遊仙山，魄與狐會，盤算著該怎樣唱？怎樣說罷？

不過，他信與不信是另一回事，他並沒存當著老娘和嫂子的面，拆穿小張奶奶什麼的心，一時也沒有什麼把柄在他手上握著；即使有了把柄又怎樣呢？他知道得很清楚，老娘和嫂子都信這個，他不能在這時候阻擋她們，那只會更使她們煩惱罷了。……好！妳小張奶奶有能爲，我在一邊冷眼瞧著妳就成！這個意念，隨著牛小虎兒的眼珠轉動著。

縷縷香煙朝上騰游，一種魘境慢慢的擴大，籠罩了整個屋子，小張奶奶好像三天沒睡過覺似的，垂著眼皮，打出一連串的呵欠，那是一種巫門的慣例，表示仙家就要附體了。

「啊！仙家，仙家，您快點兒臨凡吧！」幾個女人用惶懼的聲音，一齊這麼叩求著。

小張奶奶的嘴巴張得大大的，像一條正在吞食蛤蟆的蛇，最後一個長長的呵欠打過去，便唱說：

「我雲頭一轉喲，三千里，
遨遊四海喲，沒回山，
香煙一縷隨身轉，彷彿是香堂裏傳來的報信單，
我抓住香煙一聞嗅，就知道
牛門的朱王二氏有了疑難……」

「嗨！真就有這麼靈驗法兒？」牛小虎兒在一旁說：「一炷香剛點上，牠就騰雲三千里，老鷹捉兔子，也沒有這樣快當。」

當著老娘的面，他沒敢大聲嚷嚷，雖說是輕輕的說話，卻能灌得進女巫小張奶奶的耳朵眼兒。小張奶奶倒是沉著得很，瞟也沒瞟牛小虎兒一眼，彷彿她那細腰葫蘆似的身體只是租賃出去的房子，目前正由狐仙居住著，而狐仙下凡之後，正心無旁騖的唱著牠老王賣瓜式的唱詞。在幾個叩頭蟲似的婦道人面前炫耀牠的道法和神通，一時沒照應得著這說了諷嘲話的小屠夫。

巫婆下差跳神這種事，牛小虎兒不知見過多少遍了，通常那些女巫爲貪幾文香火費，都會唱著誇張渲染一些；例如把頭疼傷風之類的小毛病形容得重些兒，或是把普通的毛病說是陰魂作祟之類，但當旁邊有人問起某些問題的當口，女巫的回答

總是模稜兩可，含而糊之的叫人摸不到邊際。就拿眼下這次下差來講罷，自己要是緊緊的追問起哥哥小龍在外的死活存亡，看她拿什麼樣的話來回答罷?!

心念正在轉動著，做老娘的卻搶先問出來了：

「仙家，仙家，你的道法深，神通大，能知過去未來，可憐我牛門朱氏，有個孩子小龍遠出幾年，沒音沒信，前些時，我常做惡夢，夢見他白著臉回來，進了門，撲跪在我面前嗚嗚的嚎哭，不知他在外面究竟出了什麼岔事?……無論如何，無論如何哀懇仙家見示個明白……?」

這番言語，咽咽哽哽，哪像是說出來的?!倒像是一字一淚，從爛糊糊的老眼裏哭出來的。

而狐仙不會陪著凡人嗨聲嘆氣的，女巫小張奶奶打了個歪嘴的大呵欠，唱說：

「妳口口聲聲的問那小龍，

可憐妳牛門的朱氏，兩眼哭得通紅，

世事茫茫多喲變幻，

早早晚晚都不相同。

無風也湧起三尺的浪，

平地上也會起喲蛟龍，
小龍他命中多帶煞，
出門不久就遭了凶，
我黃三郎，位列仙班不能打謊，
他的屍首，早已埋在黑林中……」
仙家剛剛這樣唱出口，牛家的婆媳倆就喊天呼地的嘹啕起來。
牛小虎兒又氣又急，開口問說：
「這話可有什麼憑據?!」
這一回，附在小張奶奶身上的狐仙，斜瞟了牛小虎兒一眼，帶著些氣憤的腔調唱說：
「仙家我說話就是話，
哪用把憑據攢在手中？
去年的寒天起風信，
彤雲漫佈滿天紅；
我騰雲到了兗州府，

就只見那叉路頭上，颼起一陣鬼旋風，
冤鬼攔路苦央告，
他說他就是牛小龍……」

狐仙這樣滾瓜爛熟的背出當時的經過來，可憐牛姥姥雙手拍地還嫌不夠，連額頭也叫地面上的土塊碰腫了。小龍嫂是個被常年悲哀浸透了的怨婦，眨眼就出水，一串串的淚顆子直朝下滾，彷彿是在簸箕上滾著的豆粒兒。

這兩個一哭，害苦了徐小嬸兒，勸了這個，顧不了那個，勸了那個，又顧不了這個，喊著要閨女素姐兒幫著勸人，那個素姐兒根本不會說勸人的話。

而這個自誇是位列仙班的黃三郎，一點兒人味全沒有，妳儘管哭妳的，他卻照樣唱他的！唱詞一轉，又唱出當時的經過詳情來了：

「他說他兄弟叫牛小虎兒，
殺豬賣肉作營生；
有個妻子叫牛王氏，
青春廿有餘零；
家裏沒留兒和女，

高堂還有個白髮的老娘親；
全家新遷到瓦窯鎮，
太平巷裏暫哟暫棲身……
他托我仙家帶口信，
他被他的同夥王歪嘴謀害在黑松林，
魂魄飄飄沒依傍，
單指望家裏有人替他招魂……」

小張奶奶嘴裏吐出的聲音，有一種奇異的魔性，把人帶進那樣愁雲慘霧的魔境裏去，連牛小虎兒一時也被那種魔境噤壓住了，姑不論小龍他離家在外是否真的遭遇到什麼岔事，她卻有頭有尾的唱得和眼見一樣！

她用一種音節緩慢的唱詞，形容牛小龍遇害那天的情景：

遠處是光禿的大石山，四野荒涼見不著人煙，他跟王歪嘴兩個去緝拿一個拐款潛逃的人犯，那犯人在一處名叫七里窯的小鎮店上被拏住了，他們搜出那筆款子，由牛小龍帶著，誰知走到半路，王歪嘴動了歪念頭，開槍殺掉了那個犯人，慫恿牛小龍把那筆款子取出來，兩人均分，王歪嘴老調重彈，說是：窮居鬧市無人問，富在深山有遠親，主張藉機會拔腿開溜；而小龍性子耿直，堅持不肯；王歪嘴鬥不過小龍，假裝跟他回去。誰知兩人歇到黑松林時，王歪嘴衝著小龍的後腦開了一槍，吞沒那筆公款潛逃了。

最後她唱說：

「紅銅（子彈）頂破了他的天庭蓋，
可憐他變成了帶屈含冤一個鬼魂，
夜夜他餐風喝露水，
陰魂難得轉回程，
若想使他陰魂得回轉，
必得要請巫門行關目，
舉旛設奠去招魂……」

好傢伙，牛小虎兒心想：妳小張奶奶這個繩圈兒可做得太大了，妳就是存心撈錢，什麼旁的題目不好借?!偏偏要詛咒小龍，妳施的是黑虎掏心拳，一拳把兩個女人打得昏天黑地，沒命的號啕，這種做法豈止是有欠厚道?簡直是心狠手辣了！

想儘管由你去想，那邊的小張奶奶閉上兩眼，渾身打著冷顫，那表示狐仙業已離體回牠的洞府去了，過了好一陣兒，她才睜開眼來，彷彿沒事人似的問說：

「怎麼會傷心傷成這樣?可憐見的，適才仙家說了些什麼來著?!」

牛姥姥想答話，一張開嘴，就只能這樣的叫喊：

「小龍，我那苦命的兒啊!你年輕輕的離家外出，怎會遭凶遇邪，落得這樣慘的下場頭啊?!」

「娘，」牛小虎兒咬咬牙，硬著頭皮說：「妳當真就相信這個?沒憑沒據的幾句話，我是信不了的，等日後小龍回來，妳就明白了。」

「小虎兒，你怎敢批斷仙家的言語?」牛姥姥咽咽哽哽的責難說：「若不仰仗仙家，只怕連小龍的陰魂全沒法子回來了!」

老年人，心眼兒呆板得很，信上了什麼就是什麼，牛小虎兒扯也扯不轉，只好退在一邊，乾嘔著。小張奶奶明明看出牛小虎兒那副不樂意的樣子，卻故作不知，一股勁兒的跟牛姥姥談起設奠招魂的事來。

設奠招魂，是巫門裏的大關目，招魂的人家，得找一座平坦寬大的空場子，設上豬羊全供，豎起一丈八尺高的旗桿，掛起黑底白字的招魂長旛，佛家行佛事時請的是僧侶，巫門做關目離不了巫童，關目行上三整天，一應開銷合計起來，數目大得讓牛小虎兒直吐舌頭。

「要不要設奠招魂，這全是姥姥妳自己的事。」小張奶奶輕描淡寫的說：「小龍是妳自己的骨肉，要是妳能放得下心，讓他的孤魂在外鄉飄泊，餐風喝露的，靠人家齋化過日子，那麼，這筆錢也未嘗不能省下來，留給小虎兒哥日後成家花用……」

小張奶奶這番話，正說中了節骨眼兒；牛小虎兒這幾年裏辛苦勞碌積聚起來的一點兒底子，都留在牛姥姥的手邊，她左盤算右盤算，不願在旁的事上花費一文，都留著好替小虎兒娶房親。但小張奶奶節外生枝，出了這麼個大題目，說是小龍在外鄉遇凶過鐵死了，她把這兩宗事兒放在一道兒比了一比，覺得設奠招魂更爲要緊，少不得要使做兄弟的小虎兒受點委屈，把娶親的事暫時壓在一邊，從頭再去苦掙了。

「命定要花費這筆錢，我沒話好說。」牛姥姥擦著眼淚：「就算因此耽誤了小虎兒的婚事，那也是沒法子的事情，可憐我心亂如麻，管不了那麼多了……」

「妳放心，姥姥。」小張奶奶這才拿眼瞟了瞟牛小虎兒，瞇瞇帶笑的說：「像小虎兒哥這樣精實結壯的勤快人，掙起錢來快得很，哪會爲這筆花銷耽誤他的婚事？……妳急著要抱孫子，他當真急著要娶親，甘心讓他哥小龍的陰魂不得回鄉？」

這一回，牛小虎兒硬是彆住氣沒吭聲，當著老娘的面，他決計不再開腔了。

他還是弄不明白，小張奶奶這隻迷惑人的牝狐狸，爲什麼要當著老娘耍出這種怪招兒？硬是一口咬定小龍死在外頭了！說她是爲貪錢，當然多少有些道理在，巫門裏的人，有幾個不貪錢的？不過，想撈錢，她儘可用旁的方法，不該咒在小龍的身上，萬一日後小龍活著回來，拆穿她這番謊話，她難道還會打穴鑽進老鼠洞裏去？……這些顧忌，在她打謊之前就該想得到的，她不是那種傻人，怎會不想到這一層？老麻皮說的不錯，她是邪著來了！

女巫小張奶奶那一晚上，可以說是心滿意足走了的；設奠招魂的日子業已說定了，一應備辦的東西全由她著人去張羅，牛姥姥這邊不用多麻煩，只要出錢就成。

二天，牛小虎兒在街口的肉案邊碰著老麻皮，不禁把一心的怨氣全給抖了出來，最後他攤開兩手說：

「你講講看罷，老麻皮，她一上門就咒起我哥小龍來，她存的是什麼心？……

我辛辛苦苦積蓄的一點兒錢，吃她這一弄，一傢伙就弄光了，害得我連個老婆也都娶不成啦！」

「沒錢難道就不能娶老婆嗎？」

牛小虎兒乾笑笑：

「掉過臉去，給屁股給人踢？——天下有過不下聘就娶老婆的人？下聘沒有錢，成嗎?!」

老麻皮笑得皺起鼻子說：

「那得看你娶的是哪一等的老婆了？」

「去了罷，老婆還分什麼三六九等的。」

「當然分三六九等。」老麻皮說：「你要想娶個沒疤沒麻的黃花閨女，你得一板一眼的照規矩行事。假如你娶的是小張奶奶那種風流寡婦，非但不用花費，弄得好，她還會倒貼一筆呢！」

「我不懂，」牛小虎兒說：「你的腦子裏，怎會裝進這種怪念頭？」

「你說是怪念頭，」老麻皮說：「我可不覺得這是怪念頭，依我看，小張奶奶八成兒是對你有了意思。」

「敢情嫁給我有豬肉吃？」牛小虎兒帶幾分自嘲的意味說：「你要曉得，瓦窯鎮上，殺豬賣肉的可不是我牛小虎兒一個，她要改嫁這一行，怎麼算也輪不著我，是不是呢？」

「賬可不是這麼算法的。」老麻皮說：「她藉著設奠招魂這個名目，把你辛苦積聚的娶親事的錢開銷掉，她的心意不是明擺在那兒了嗎？——怕你說定了親事，讓她在一邊白坐冷板凳。她這樣一來，使你多打一兩年光棍，正是替她自己留個機會，你能說我這話沒有道理？」

牛小虎兒搖搖頭說：

「這只是你的胡思亂想罷了，老麻皮，你就是說破了嘴唇皮，我還是信不過的。」

「我又不是賣爛膏藥的，硬要把主意貼在你的腦門上，逼著你去相信它。」老麻皮說：「信不信由你，早晚你自會見得著的。」

孫大麻子說完這話，甩甩袖子就要走，牛小虎兒一把扯住他說：「天到晌午時了，你還到哪兒去？我請你到小鋪裏坐坐，喝兩盅去。」

儘管嘴說不信老麻皮那種怪念頭，牛小虎兒心裏卻有些活搖活動；小張奶奶那個女人，本身就像是個啞謎，他一時很難猜得透她，也許老痲皮這個怪念頭歪打正著，那可說不定。她若果真對自己耍手段，倒不能不先提防些兒，及早打點對付她的法子。

「我看算了，你那兩盅酒，等日後我再喝罷！」一向愛酒如命的老痲皮，居然不爲所動，晃晃肩膀說：「這幾天我的手風順，我得到閻王廟那邊的賭場上去，搭搭順風船，把那些龜孫吸乾。」

「怎麼?!你跟那些巫童賭上了?」

「嘿嘿……」老痲皮爆出一串笑聲來：「他們訛吃詐騙來的錢，難道我贏不得他?」忽然又縮縮腦袋，轉動眼珠，神秘的說：「說真的，小虎兒哥，她小張奶奶這樣耍花槍，磨算你這個粗豪爽直的人，我聽著可不服氣，我去替你打聽打聽消息去。」

「好罷，」牛小虎兒說：「有你老痲皮跟我齊心合力的捻成股兒，我更決意跟她鬥鬥法了！……你就不知道有我老娘和嫂子夾在裏頭，我壓根兒使不上勁，心裏實在彆得慌。」

「她是挾天子以令諸侯，」老痲皮說：「你就來它一個偏不就範。她要有意朝東歪，你就存心往西斜，這是獨一不二的法門兒，你要是拗勁不足掉進去，日後你就被她捺進馬桶去喝騷溺，我可再也沒法子幫助你了！」

老麻皮走後，牛小虎兒仔細回味著對方的那番言語，越想越覺得有道理。他想到女巫小張奶奶那張紅馥馥的桃花臉，水汪汪流轉的眼波，細嫩雪白能掐出水來的一截頸項，鬢髮間散發出的桂花油的香味，心旌只要略一搖盪，那股子拗勁就會軟化掉了。不過，我這個殺豬賣肉的窮小子，牛小虎兒心裏話：無論如何也不願去沾惹這種女人的，只是她渾身全帶著狐媚之氣，總使自己不由自主的迷戀著些什麼，尤獨在跟她面對面的當口。

若真如老麻皮所說，有一天，自己陷進她的迷魂陣裏去，那還有什麼法好鬥?!真箇兒的，想來想去只有一個法子，——早點跟老娘說明白，央她去找徐小嬸兒，讓自己跟徐家的素姐兒訂親，先把心給定下來。這麼一來，她小張奶奶就算是落花有意，也該知難而退了罷？

「沒出息的想法！」他又自言自語的說：「但也沒有再好的辦法了！」

總而言之，法還沒鬥呢，頭一陣上，牛小虎兒心裏就已經惴惴然的，有了三分怯敵之感。儘管她曾詛咒小龍，使他有一心的怨氣頂著，對付她那種女人，他實在感到棘手，除非小龍能在眼下突然的回來，拆穿她的謊話，不過，這希望太渺茫了。

設奠招魂的事，業已由老娘當家定妥了日子，這筆錢要想不花，事實上是不可能的了。眼看著一文一文積賺起來的錢就要交在她小張奶奶的手裏，讓她得意洋洋的流水花費，心裏真是滿把疙瘩。就算跟徐家的素姐兒把親事訂妥罷，一時兩時也沒法子空著兩手迎娶她過門，女巫這一棍，可不正砸在他的腰眼上，使他癱瘓著沒法動彈嗎?!

深秋的老太陽斜斜的落在肉案子上，他的心被纏繞在這宗事上，正像他被釘牢在肉案上一樣，翻來覆去的盤算，使他有些癡呆。這長長的一天，只使他在紛亂中決定了一件事，那就是儘量跟徐家的素姐兒拉得近些，以靜制動，讓那女巫去耍她能耍的花樣！

算盤雖是這麼撥了，可並不像他預計的那麼順當，牛小虎兒收攤子回家，必得要走太平巷的巷口，必得要經過女巫小張奶奶的家門口，他即使存心避也避不過，那女巫疊著腿，回臉朝外坐在大門裏面，像一隻等待碰網蒼蠅的大蜘蛛，存心在等著他呢！

「嗳，小虎兒哥，這麼晚才收攤子呀！」

就算真是冤家對頭，臉對臉碰上了，人家笑臉迎人的打招呼，你總不好板著面孔不理睬，牛小虎兒略停一停腳步，半陰不陽的嗯應了一聲，正打算拔腳走過去，女巫又跟著說話了：

「甭像深山遇上老虎似的，我可不會吃人。」

「妳幹嘛說這個呢？」牛小虎兒皺著眉頭，掉過臉說：「妳要不是作賊心虛，那就甭疑神疑鬼！」

「你才是作賊心虛，疑神疑鬼呢！」小張奶奶仍然漾著笑，慢吞吞的說：「可惜你火候不足，經不得我拿話一激，你可就漏了底兒了。」

「當真嗎？」

「還想瞞得過我？」女巫小張奶奶站起身來，扯扯身子倚在門上，用水汪汪的兩眼把路給攔著：「請仙家卜算事情，我可沒找到你家門上，是你上門來接我去的，仙家說出的話，你沒道理捺在我的頭上。」

「妳那仙家我沒見著，」牛小虎兒說：「無論如何，話是打妳的嘴裏吐出來的，我弄不懂，妳爲什麼要咒小龍橫死在外鄉？讓兩個婦道人哭得死去活來，妳心裏有哪一點好過?!」

女巫的黑眼珠轉了一轉，仍然不介意似的笑著說：

「我曉得你爲這事記恨著我，怪我胡言亂語，傷了你老娘和你嫂子的心了，你不會栽誣我是爲了貪你那幾文香火費，就隨口打誑的罷？」

「那只有妳自己明白了。」牛小虎兒這種直腸子人，說話不會拐彎抹角：「老實說，我起五更，睡半夜，幹殺豬賣肉這種苦哈哈的行當，錢可不是好積賺的，妳那仙家藉著設龕招魂這個名目，一傢伙把我給吸乾了，妳以爲我日後不會找祂去算賬？」

聽了這話，女巫小張奶奶笑得像搖響了一串鈴子，她一邊笑著，一邊不經意的舉起她蔥白粉嫩的手來，帶著一種曖昧的親暱勁兒，輕輕拍拍牛小虎兒的肩膀說：

「你的肩膀硬倒是挺硬的，小虎兒哥，可惜沒生一雙肉翅膀，你到哪兒去找仙家呀？……你心眼兒裏想些什麼？瞞不了我，——這場關目，把你娶親的費用花銷掉了，所以你才恨我，是不是？你說……」

牛小虎兒被她說得直是打楞。無怪老麻皮一再叮囑，說這個女人難對付，看樣子一點兒也不錯，她就是一隻活狐狸，也是傳說裏通靈得道的那一種，她能不能卜算出人的過去和將來姑且不論，至少，她可是把自己的心意猜得透透的。

她若真是一隻狐狸，那也許容易對付些，自己幹的是白刀子進紅刀子出的行當，能大睜兩眼殺豬，難道殺不得隻把妖狐？不過，這隻妖冶的人狐站在自己面前，光景就不同了，甩西的殘陽落在身後的東牆上，站在陰黯裏的她，是一幅活鮮鮮的彩畫，她圓柔的、掛笑的白臉，紅唇間迸露出的石榴粒似的牙齒，蔥綠織錦面的緊身小襖兒，光豔得照眩人眼，她的鑲著荷葉邊的長裙，在她腰肢款款的扭動中，漾著撩人的小浪，她渾身上下，有哪一處地方能夠下刀？

忽然間，他恍惚覺得自己不再是殺豬的屠夫，而是一隻被捆綁的笨豬，只有任憑她去宰割的份兒了！

「妳愛怎麼猜想，妳就怎麼猜想罷！」他紅著脖子，硬掙出話來說：「我這光棍還沒打到七老八十呢，想老婆真的會想得那樣傷心？」

「這可很難說，像你這樣年輕結壯的男人。」她瞇起眼來，打睫毛縫裏斜睨著他說：「饞貓要硬掙說牠不愛魚腥，你能信不能信？」

牛小虎兒跟她說話時，自覺兩隻腳並沒移動過，也不知怎麼弄的，兩人越挨越近了！太陽已經在屋後落了下去，一份朦朧的薄暮的黝黯把人兜著裹著，使牛小虎兒有掉進網裏的幻覺。好像記得有句老話說過：光是背地發狠，見了女人打盹。還說自己使拗麼？偏生三歪兩斜的，光朝下拗不朝上拗，這可不是斜到華容道上來了?!……走罷，在人來人往的巷冂，跟這女人窮磨索個什麼勁兒呢？腳底下踏的是實地，又不是陷人的流沙河呀！

儘管心裏有這麼一種意念在鼓動著，一時卻邁不開步子來，女巫小張奶奶舌尖上翻花，也不知從哪兒找出那麼多的話題來的？那種時而親暱，時而帶著些微嘲的話音兒，是無數牽牽連連的游絲，把人給捆著，纏著。她的那隻修長素白的手，指指劃劃的，不時拍打著人的肩膀，或是擰呀捏呀的，彷彿要把她一臉的媚笑都趁機捏到人的骨縫裏去。她的白腕子上，戴著一隻碧色的手環，每當她的手臂在他眼前晃動時，他就有些不由自主的暈眩。

直到天黑，他才在她的糾纏中遁脫出來，這使他要跟徐家素姐兒訂親的事，看來愈加迫切了。不過他總懷疑著，用素姐兒這塊擋箭牌，能不能使小張奶奶不再對他這樣的糾纏？

牛小虎兒自己永也不會想到，徐小嬸兒暗底下早就相中了他是塊做女婿的好材料，本來嘛，自打當家的瘦骨頭下了土，找女婿的心思，就成天在徐小嬸兒的心裏盤旋著了。寡母帶著孤女，靠縫縫綴綴過日子，長此以往總不是辦法，一個好女婿足抵得半個兒子，老古人說的話是沒錯的。像小虎兒這種忠厚老實的年輕人，又勤勞，又本份，找遍瓦窯鎮也難挑揀出幾個來。唯其小虎兒是個殺豬賣肉的，配上素姐兒這樣的閨女才正適合，徐小嬸兒看過好幾個滿手油膩站肉案子的屠戶娘子，一個個全是油水十足，胖胖嘟嘟的樣子，兩個鼓起的腮幫上，全是吃出來的白肉肥油，素姐兒若是嫁給小虎，甭跟那些屠戶娘子相比了，至少也會發一發膘，站出來沾幾分富泰氣味，不會像眼下這麼乾癟了！……小虎兒是個孝子，對他老娘一向是百依百順，素姐兒嫁過去，他十分心只要有一分心放在做丈母的身上，那業已是天大的福了。

人到中年，尤獨是命帶酸苦的寡婦，沒有幾個不碎嘴的，心裏這麼盤算，見了人，不知不覺就吐露出來，徐小嬸兒正是這樣，只要在人前提起牛小虎兒，她沒有一句話不誇讚他好的，這可使女巫小張奶奶老大的不樂意起來；依小張奶奶的看法，像牛小虎兒這樣精實結壯的年輕漢子，就像一塊透肥的鮮肉，沒道理讓素姐兒那樣病歪歪的閨女佔了去的，她渾身一副骨頭架子，連衣裳全撐不起來，那張臉上滿佈雀斑，像一塊沒烤透的芝麻燒餅，她不相信牛小虎兒真會看得上這麼一朵憔悴的黃花。

她從沒打算要跟拐腿小蠻子活一輩子，當然，拐腿小蠻子進了棺材之後，她更沒有為他守寡的意思，早一兩年裏，她跟好幾個巫童有過些不明不白的首尾，不過，那種黑裏來去的斷雲零雨，實在比畫餅充饑好不到哪兒去，遠不能饜足她的胃口，再說，那些嗜賭如命的巫童，全是些騙吃騙喝的亡命徒，做不得長頭夫妻，好不容易在饑渴中等到了牛小虎兒這麼個人，哪能輕易讓素姐那丫頭搶去?!

她既有這樣的存心，就不得不亮出她唯一的法寶——仙家來，先把牛小虎兒手底下的存錢挖出來，讓他跟素姐兒的婚事暫時擱在一邊，這樣，她才有機會在中間插進一腿。

憑她的面孔，身段，不論哪一點，都不是素姐那個黃毛能比得了的，她相信自己能攫住那個小子。不過，她可沒料到，她用的手段過激，一傢伙就把牛小虎兒給激反了，何況還多了個探知她根底的老麻皮在替牛小虎兒打點主意。

正因她沒想到這一層，一直到行設奠招魂的關目時，小張奶奶還暗自得意著，借用陰魂說話，一口咬定小龍是橫死外鄉了，要牛姥姥千萬甭再耽誤小龍嫂的青春，早些把她送回娘家去改嫁。

她只顧為眼前如何進牛家門鋪路，卻沒想日後萬一小龍活著回來，她拿什麼話交代？好在牛姥姥拿定主意，在小虎兒成婚前不談小龍嫂日後的事，小龍嫂也哭著發誓，無論小龍死活存亡，她決不拋開年邁眼花的婆婆去另圖改嫁，小張奶奶這種胡天胡地的怪念頭才略見收煞。

「怎樣？」有一天，老麻皮又來找著牛小虎兒說：「她這一陣連環棒夠你招架的罷？……街上的人，背地裏全在議論著這宗事呢！」

「我一直沒吭聲。」牛小虎兒說：「她是算準了小龍一時不會回來，才敢這樣胡謅的，好在我有耐心等著，小龍他人不回來，只要有片紙隻字回來，就有她瞧的了……你相信不？那一天早晚會來的。」

「你以為憑你兄弟兩個，當真是一龍一虎，能對付得了瓦窯鎮巫門裏的人麼？」老麻皮有點兒要激將的味道：「對付外人，他們全是聲氣相通的，行關目時，你見過的那些巫童，全依仗小張奶奶混飯吃，你要想跟她動硬的，只怕也佔不著什麼便宜。何況你哥小龍，如今還沒見著影兒呢！」

「你替我打聽消息，要告訴我的就是這個？」牛小虎兒說：「那你還是灌你的酒，賭你的錢去罷，她就是有三頭六臂呢，我一個人獨當著就是了！」

牛小虎兒這匹直頭驢，真的拿定主意，跟徐家的素姐熱乎起來了。在做母親的徐小嬸兒盡力撮攏下，害羞的素姐心眼兒裏，業已默認是牛家未來的媳婦，每天都由她媽牽來牽去的，在牛家盤桓，或是到肉攤走動，替小虎兒端茶送水。

說熱乎，究竟是怎麼個熱乎法兒呢？只有牛小虎兒心裏明白。

素姐平時就悶聲不響的不愛說話，一旦默認是牛家未來的媳婦時，更加低著眉，垂著眼，羞羞答答的不吭聲了。當牛小虎兒沒把心移放到她身上之前，只是隔鄰的關係，從沒認真的注意過她，只覺得她是個孱弱纖柔的閨女罷了，一旦移情到她身上，越看越覺得她可人。

當然，論姿色，素姐兒根本不能和女巫小張奶奶相比，小張奶奶像一團邪火，會把人的心都燒出窟窿來，光是拿眼看看可以，可甭想撲上去，惹火燒身。病弱的素姐兒渾身沒有葷腥味，素素淡淡的，但卻有一種別樣的羞澀的溫柔，那可是女巫小張奶奶學也學不到的。

在自己跟前，素姐兒從沒拿眼睛正對著人看過，偶爾自己用眼光捉著了她在睫毛下偷溜過來的眼光，她一向黃白的病色的臉，就會泛出異樣的潮紅來，……異樣的潮紅，真是的，只有害羞的黃花閨女才會有的那種潮紅，會使人全心都變得柔軟，流出蜜意的愛憐。想到當初並沒把她放在心裏，跟她接近也只是爲了疏遠小張奶奶，牛小虎兒就暗暗的慚愧著。

素姐兒一點也不知道這些，常用暈紅洗亮她臉上纍密的黑雀斑，她被浸在一種偷偷巴望著的幸福裏面。對於牛小虎兒這樣年輕、本份又勤勞的人，她做夢也沒想到他的心竟會落在自己的身上？她很興奮，又有些兒慌。

有一天，她到肉案子上去替他送茶水，他那熱切的眼光逼得她只能低下頭去凝望自己的鞋尖。

「我早該開口跟妳說什麼的，素姐兒。」他這樣訥訥的開口只說了兩句話，便嚥了一口吐沫，把下面的話給勒住了，她低著頭等著他再說下去，她的心像打鼓樣的跳著，簡直要迸到腔外來。

他悶了半晌，捏起拳頭打著手掌心說：

「還是不說的好。……我辛苦積聚起來的錢，全叫那一場鬼關目給花盡了；詛咒了小龍，又賺了我的錢財，想起來就惱恨。如今空著兩手，有什麼好說的呢？」

他要說些什麼，她全都曉得，她從沒爲聘禮和那許多繁文褥節著想過，但這話不是自己能說得開口的，一層透明的阻擋，使她紅著臉接不上話，尷尬的站著。

「我會儘快再積起錢來的，」他只得自說自話了，「好在等不了太久就是了！」

她把他的話吞嚥進去，等沒有什麼，只要有他這句言語就成了，火一般的情意像熨斗，把她的心熨得平平的。

「我真弄不懂，」牛小虎兒敲不響她這隻悶葫蘆，又兜轉話題說：「偌大的瓦窯鎮，又不是三家村，怎麼會縱容出女巫小張奶奶那種人來的?!」

「小張奶奶有什麼不對了？」她這才接得上嘴。

「妳相信她的那番鬼話，真以爲我哥哥小龍在外鄉遭凶橫死了嗎？……哪天小龍回家，咱們兄弟倆不剝掉她的皮才怪呢！」

素姐兒害怕了。從他拿起斬刀剁肉時那種微帶痙攣的動作，她不難看出他內心蘊蓄著的惱恨來。她在瓦窯鎮上長大，又有過一些使她駭懼的經歷，明白在這個地方，像小虎兒這個剛由外鄉遷來的人，是不能跟那些彼此互通聲氣的巫門作對的；一來他沒憑沒據，二來他聲勢孤單，尤獨是對著那個拳頭上能站得人的小張奶奶，得罪她，就得罪了那幫子靠幫閒混飯的巫童。

「要是你哥小龍沒回來，」她說：「你只好忍忍氣了，姥姥她信仙家，你怎好拗著她？」

牛小虎兒沒再吭聲，一把鎖鎖在他濃黑的眉上。

忍氣，忍氣?!素姐兒是個怯生生的病弱的閨女，勸自己忍氣倒也罷了，連老麻皮那種人，也只盼自己不上那女巫的圈套就行，他明明知道凡事藉著仙家的名頭，聚斂錢財的巫門全是害人精，他可也沒勸自己去把小張奶奶的香火堂子給搗掉。

妳小張奶奶要是知情識趣的女人，由他牛小虎兒那把悶火鬱在心裏，不要去找著撥弄它，也就沒事了！偏偏她沒有那種寬和的性子，蕭何月下追韓信，——不追著了不肯罷手。她是一隻張著網的蜘蛛，常在靠近巷口的宅子前面等著飛蛾。

她是精明人，眼裏揉不得一粒沙子，牛小虎兒的心落在誰的身上，根本瞞不過她。早時她不相信的事，牛小虎兒偏做了；每當傍晚他收拾攤子，揹著麻袋回來時，對門徐家那個滿臉雀斑的丫頭，就會從門縫裏左一遍右一遍的朝外探頭，瞧著巷裏沒有行人，做賊似的，輕輕溜出來，搶著替他接蒲包。……這個牛小虎兒，沒眼珠子的拗種！她咬牙切齒的望著他們的背影，一心全是酸辣味道。

幾場秋雨過後，天更轉寒了，牛小虎兒每晚必打門前過，臉上漠漠的神情，比霜還冷，但當他轉臉見著素姐兒那丫頭時，卻又立刻變得熱乎起來，極像是存心做給誰看的樣子。女巫估量過，他那樣，十有八九是衝著自己來的，假如換是旁人，她早就跟他攤牌了，但她對牛小虎兒有顧忌，極不願跟他鬧翻，讓他從自己的掌心裏遁出去。

她的辦法總是有的。

一天，牛小虎兒剛回到家裏，牛姥姥就跟他這樣的說了：

「小虎兒，你哥小龍的陰魂，業已承人家小張奶奶千辛萬苦的設奠行關目招回來的。……一時沒法子運回他的骸骨，小張奶奶她來跟我講，要替他先起一座衣冠塚，……這兒有幾件小龍早年穿過的衣物，我要你嫂子撿出來，紮成一捆兒，你就替它送到對面去。」

「當真要聽她的話，替小龍起一座衣冠塚嗎？」牛小虎兒一肚子不情願，又不便當著老娘發作，只好忍氣吞聲的這樣問了一句。

「哪兒都是小張奶奶的意思？」牛姥姥說：「這都是仙家黃衣三郎交代她

的，……沒有一座墳，靈魂飄飄盪盪的，哪兒有個落處？你也用不著問那麼多，只管照我說的話去做就是了，小龍當年在家時，對你不薄，他如今橫死在外鄉，你能無動於衷？」

小虎兒又不敢再接話了，他明白，這又是小張奶奶搗的鬼，轉一個彎，搬出自己的老娘來壓自己。她是這麼一大把年紀的人，風前燭，草上霜，怎樣也不好硬拗著她，惹她生氣，女巫那一棍業已把她打暈了，每提起小龍就紅溼了兩眼。好罷，小張奶奶妳這個寡婦，妳就是擺下天門陣來，我也得捏起鼻子，權且闖一闖了！

「娘，您放心，我這就把衣裳給她送過去。」他說：「小龍若真死了，我沒話好講，他要是沒死，小張奶奶她總是逃不了的。她替小龍起了衣冠塚，日後正是她胡言亂語的證據。」

說著，一把抄起衣物，三腳兩步的就跨出門，到女巫小張奶奶這邊來了。人帶著一股子憤懣之氣來的，恨不得一把揪住那女人，問她又想耍什麼花槍？

他推開門，就見小張奶奶的香火堂子裏，點燃著兩支兒臂粗的龍捲燭，使周圍糊著白紙的牆壁變得紅橙橙的，當間地上，一隻平底寬邊的銅火爐，籠了一盆子旺熾的炭火，女巫小張奶奶卻不在屋裏。被臥房燈光映透的花布門簾兒靜靜的垂著，屋子裏瀰漫著一股濃郁的薰艾的氣味。

「人在不在？」牛小虎兒粗聲的說：「我送衣裳來了！」說著，他就把那包衣裳扔在一把椅子上，轉臉想走。

腳還沒動呢，臥房裏傳出聲音來說：

「是對面小虎兒哥，怎不進來?!」

「我是在屋裏跟妳說話，」牛小虎兒說：「難道還要掀門簾兒，進妳臥房去嗎？」

「你就進來罷呀，」女巫小張奶奶說：「我有話跟你說呢。」

正因爲有一股憤懣之氣在心裏頂撞著，牛小虎兒就跨過去，一把抄起門簾子，正待朝裏跨步，忽然又楞住了，呆呆的站在房門口。……房裏的景象不由不使他發楞，那種講究的八步頂子床是他只聽人說卻沒眼見過的；床身髹著紅褐色的亮漆，雖說年月久遠了些，仍舊發出耀眼的光潤來，床兩邊雕花的護板上，立著一簇簇的仙人，乘龍的、跨鳳的、吹著笙簫管笛的，在橫沿的一排流蘇下面，彷彿都是活的。

那個小張奶奶坐在床沿上，面前放著一隻小木桶，木桶裏放了半盆子熱水，她捲起鬆開的紮腳褲的褲管兒，把兩隻精赤著的腳浸在水裏，慢條斯理的洗腳呢！任你心腸似鐵，休看女人洗腳，女巫小張奶奶那雙腳白得像兩隻新剝出來的肉粽子，裸露出的那截小腿渾圓的，凸起的踝骨泛著些兒微紅，牛小虎兒的眼睛不看不看的看出了神，彷彿被木匠師傅吊準了線，再難轉動了。

「你怎麼不說話呀？小虎兒哥。」女巫小張奶奶反而催促起他來。

「呵，」小虎兒這才醒過來說：「我這是在等著妳開口呢！……妳不是要跟我說話的嗎？」

「快請鄰居喝喜酒了罷？」女巫說：「近此時，你跟對面徐家的素姐兒，倒是熱火得很。」她瞇起眼朝他笑著，黑瞳仁兒夠媚夠亮的。

「也許快了。」牛小虎兒不願多看她媚惑人的臉，存心偏過頭去，望著那盞亮在妝台上的美孚油燈，誰知妝台的菱花鏡裏，仍然出現了那張笑臉，妖異的懾住了他，他逃遁不了。不過，他還是把心裏鬱勃的餘火給抖了出來，粗聲的說：

「要不是妳那仙家藉著招魂設奠的名目，花銷了我積聚的錢，我早就下聘了，還虧妳這麼關心著?!」

女巫仍然那麼瞇瞇帶笑，不過笑容變得有些酸冷，兩隻小白腳在水盆裏搓動了一陣，伸手去抓床沿上擱著的毛巾，一邊揩著腳說：

「我真弄不懂，你看中素姐兒哪一點?!……也許你們幹殺豬行當的人懂得骨頭比肉香的道理？我們女人家，可一點兒也看不出素姐的好處來。」

「玻璃眼鏡，各投各的眼。」牛小虎兒勉強咧了咧嘴說：「是好，是歹，跟妳總不相干，對不對呢？我這個人算沒心竅，就狗咬呂洞賓罷。」

「本來就跟我沒相干。」小張奶奶把一雙紅綾軟鞋套在雪白的腳上：「你何必自己要做狗呢？要是我說：最好找仙家來跟你們合合婚，你更不信了。」

「當然不信。」牛小虎兒說：「妳嘴裏的那一類仙家，我打頭就沒相信過。」

「總有一天，等仙家顯了靈驗出來，你就會相信了。」女巫說：「單憑人嘴說話，總難說得服你的。」

「妳要說的就是這個？」牛小虎兒說：「我老娘叫我把小龍的衣物送來，全在外間椅上擱著，我這得回去殺豬去了。」

嘴上說走，腳底下卻軟軟黏黏的，一時邁不動步子。牛小虎兒發覺，自己也只有不當著小張奶奶這女人的面，才能發得起狠來，一遇上她，滿心鬱勃的火就會在談著聒著當中，不知不覺的熄滅了，只賸下一灘溫熱的餘灰。這種輪覆，很使他暗暗苦惱著，不過，娶素姐兒心意並沒有動搖過。

小龍的衣冠塚，起在瓦窯鎮東郊的亂葬坑邊，小模小樣的一座新土堆，巫門裏卻若有其事的行關目，讓它大大熱鬧了一番。於是，一個新的狐仙靈異的傳說，又經由眾多人的嘴裏傳揚開去，遠近的人們，全能源源本本的，把牛家小龍怎樣遇著凶神，怎樣在遠地黑松林裏遇害的情節，從頭背誦出來。

牛小虎兒不相信有什麼用場?!在這宗事上，他算是捏著鼻子吃了敗仗。不過，世上事確也難講得很，就在這個當口，瓦窯鎮上來了個姓劉的拐子，原也是在外吃糧的漢子，在一次緝私的拼鬥中，被私梟用單刀片兒削傷了脛骨，傷癒後行動不便，辭了差，領了路費回來了。這些總爺們，儘管差使不幹了，多年的老習慣還是改不了，腰裏有幾文，到鎮上先吃後賭。

遇上手風不順，劉拐子把餘下來的幾文路費，全都扔到關王廟旁邊的賭場上去了，因為還欠了巫童幾個錢，那夥子潑皮發橫要剝他的衣裳和褲子。

「你們想欺生，也得把眼放亮點兒，」拐腿說：「我拐子劉可不是那種鄉角兒裏的老土！欺到老子頭上來，有好果子你們吃！」

「算了算了！」老麻皮出來拉彎子說：「陌生地方，你老哥原就不該來下注兒的，俗說：單嫖雙賭，賭錢沒有熟朋友在場，一傢伙輸冒了，當場出洋相也是你老哥自找的，還有什麼好嚷嚷？」

「這兒哪是陌生地方？」那個說：「咱們的牛班長就住這附近——我說的是，他是這一方的人。」

「牛班長？」老麻皮觸動什麼似的。

「牛班長，叫牛小龍，」那個說：「他有個兄弟叫牛小虎兒，您可聽說過有這麼個人？」

「嘿嘿嘿！」老麻皮暴笑起來說：「你找牛小虎兒，可算是問對了人了！他就在街口擺肉攤子。你欠他們的幾文賭債，我替你墊上，咱們去找小虎兒去。」忽然又把笑臉凍住說：「小龍究竟是怎麼死的？你們一鍋吃飯，總該清楚罷？」

「你……你說什麼?!」那個瞪著兩眼說：「牛小龍死了？這話是誰說的？……我辭差離隊的時刻，他還親自託我捎一封信來，要不然，我找他兄弟幹什麼？」

賭台上正在吆五喝六的嚷嚷著，老麻皮眼珠子一轉，拍一下拐子劉的肩膀說：「跟你開心逗趣的，咱們走罷。」

等到走出賭場，遠離了那些巫童，他才一五一十的把話說出來，壓尾他說：

「不相信嗎？小龍的衣冠塚剛起起來沒幾天，巫門裏的小張奶奶一手包辦的，鎮上的人誰不知道?!」

「見鬼！」那個說：「牛小龍在流沙河那一火打得漂亮，升了班長時，還請隊上的哥兒們喝了一場酒，你瞧！」他打腰眼掏出一封揉縐了的信來說：「這封信，可是他親筆寫的，鬼魂能寫出字來嗎？旁人不相信我，可以！他兄弟該認出他的筆跡來的。」

「這好！」老痲皮興沖沖的說：「小虎兒這回可捏著女巫小張奶奶的把柄了！」

正在肉案子上賣肉的牛小虎兒，做夢也沒夢到天外飛來這麼個劉拐腿，帶來這麼一封由小龍寫的家信。他喜的是久無音訊的小龍總算有了著落，不但有了物證，更有劉拐腿這個活生生的人證；他不擔心女巫小張奶奶還會找出什麼樣的遁詞，卻擔心著怎樣才能說服老娘，使她相信女巫小張奶奶說的全是假話，相信小龍還活在世上。

「我說劉大哥，」小虎兒說：「那女巫信口雌黃，栽誣我哥橫死在外鄉，這回我要出面整她，你願不願替我做個人證？」

「那還有什麼話說？」拐腿劉拍著胸脯說：「我正打算找關王廟邊賭場上那夥邪皮討回賭本來呢！他們不是跟那女巫結夥行騙的嗎？」

「走！咱們回我宅裏去罷，我把攤子給收拾了，今天就找小張奶奶來，跟她當面算清這本賬！」小虎兒捏了些錢，塞在老痲皮手裏說：「痲哥，你去打壺老酒去，咱們喝了酒再辦事，她跑不了的。」

儘管人證物證都齊全了，牛姥姥還是不肯相信，她硬爭著說：

「仙家說的話，假不了的，小虎兒，你打哪兒找來這個拐腿，存心團哄我？」

「怎會團哄妳來？娘。」小虎兒說：「小龍升了班長啦，拐腿劉是他手底下的弟兄，這封信又是小龍親手寫的，筆跡在這兒，女巫小張奶奶假托狐仙騙了咱們的錢財，妳當真還信服她？」

「你要我相信也可以，」牛姥姥擠著她的爛紅眼，執拗的說：「除非小龍他站到我的眼前來！」

這時刻，做媳婦的小龍嫂說話了：

「爲什麼不找小張奶奶來家，再下一趟差呢?!……也許仙家看錯了，再說，世上同名同姓的人也是有的，妳還是先聽聽仙家的說法罷。」

「對啊！」牛小虎兒心裏早就盤算定了，趁著機會說：「爲什麼不找小張奶奶來家?老麻皮，你幫幫忙，去對面把她給請過來罷！」

老麻皮去不一會兒，小張奶奶就跟著過來了，她笑吟吟的跨進屋，一屋子全吹盪起由她眉梢眼角帶來的春風，彷彿硬是安心到那種程度——天塌下來也打不到她的頭上了。

「小張奶奶，讓我來跟妳引見一位朋友罷。」牛小虎兒拍著拐腿劉的肩膀說：「這位劉兄，是跟我哥小龍一鍋吃飯的弟兄，他剛打北方辭差下來，捎了一封小龍的親筆信。我看這事把人弄迷糊了，妳還是請妳的仙家下凡，有事煩祂當面說明白罷。」

女巫小張奶奶一聽這話，一顆心涼了半截兒，不過她立即吸了口氣，把朝下掉的心又給扯了上來，衝著牛小虎兒一笑說：

「小虎兒哥，幸好當初那番話是仙家說的，要是我說的，只怕洗也洗不脫栽誣你哥的罪名了！」

「話是妳那仙家說的，」牛小虎兒說：「錢可不是妳那仙家用的，事實明明擺在這兒，——我哥小龍沒死。我該相信這位姓劉的老哥呢？還是信妳那仙家？」

女巫小張奶奶暗自咬咬牙，她沒想到一向以為他是憨厚的人，說起話來卻銳薄得像是刀。不過，漏子業已弄了出來，她就得兵來將擋、水來土掩，要不然，巫門這行飯還能吃嗎？

「你也甭儘為這事煩著，小虎兒哥，」她說：「仙家有仙家的法力和道行，決計不會亂說瞎話的，祂既說了那樣的話，必定有原委，我這就燒把香，禱告祂下凡來，明明白白的吐露根由罷！」

「可不是？！」老麻皮在一邊嗨嗨的笑起來說：「直來直往的事，根本用不著繞彎兒。仙家假如豁了邊，這個熱鬧可就弄大了！」

女巫對這個幸災樂禍的麻皮瞪了一眼，人說：十個麻皮九個騷，牛小虎兒哪兒來這些心眼兒？不全都是麻皮拿舌尖替他戳的洞麼？如今牛小虎兒變成黑臉的北極玄武大帝，他左右一個麻皮和一個拐腿，就成了龜蛇二將軍了，這個陣仗，她不能不小心對付。她一面抓著香點燃，心裏卻在兜著圈子。

老麻皮也許是存心整她的冤枉，早把牛小龍還好端端活在世上，託拐腿劉捎信回家來的事，源源本本的到處喧騰了一番，女巫小張奶奶下差之前，牛家的宅院裏，就湧來了不少好奇的街坊。

本來嘛，這是宗多麼突兀的事情?!仙家下來，一口咬定是橫死外鄉的牛小龍，衣冠塚全起妥了的，突然又託人捎信回家，說他升了班長，牛小虎兒不甘花冤枉錢，把女巫小張奶奶找進宅去逼問原由，可真是一場天上掉下來的大熱鬧！人人全伸長頸子，想聽聽小張奶奶請下仙家來，怎樣把話說得圓？

雖說人做虧心事，怕眾人拿眼瞪著，可是，業已騎到老虎背上的小張奶奶也管不了那麼多了！遇著這種辰光，哪怕是三上吊（馬戲團慣演的精彩節目之一）也得豁著掉腦袋去演了！過不了五關，斬不了六將，哪能算得是紅臉的關公？

她打了一個長長的呵欠，仙家附體，大聲的唱了起來：

「我正在那仙山洞府煉道行，
滾滾的香煙喲，它朝上昇騰……
我放過了那香頭抓香尾，
這才嗅著了，蹺蹊事兒出在牛門，
今朝我為了小龍的事，

不得不腳踏哟雲頭下凡塵……」

由於小張奶奶業已觸動靈機，把唱詞全編排妥當的緣故，她的膽氣也跟著壯了起來，一面用尖拔的嗓子唱著，一面帶著半瘋狂的顫慄的韻致，在屋裏蹈舞著。

牛姥姥原本聽了兒子的話，心裏有著三分疑惑，但經不得小張奶奶這樣一抖一跳，把心底下那點兒疑惑，全都扔開了。她總覺得兒子沒道理不信仙家的話，仙家說出口的事，錯不到哪兒去，即便錯了，也定有它的道理在。最忌凡人動疑念，事實擺在眼前，仙家不是嗅著了報訊的香煙，立即騰雲下來了嗎？

仙家究竟是什麼樣子，牛姥姥從沒親眼看到過，雖說從沒親眼看到過，她心裏卻豎立著仙家的影子，——矮墩墩、胖實實的個白鬍子老頭，穿著寬大的道袍，踏著多耳麻鞋，正用神光四射的眼睛看著自己。這樣一來，一聽小張奶奶開腔唱出聲，她就兩腿發軟站不住，撲的矮身跪在蒲團上去啦。

而仙家的聲調卻越唱越顯得暴怒了：

「兗州的舊案全不假，

牛小龍他離家不再轉回程，

旋風攔路他苦央告，

血淋淋的冤情感動了我仙家，……

如今來了個劉拐腿，

捎書帶信茁枝枒，

牛小虎兒疑神疑鬼不信我，

氣得我仙家暗咬牙，

假如要弄清這樁人命案，

我得再去那兗州查一查……。」

唱著唱著，唱到這兒頓然停住，咕咚一聲，那小張奶奶便暈倒在地上，不用說，那位仙家黃衣三郎，氣勃勃的離身，到兗州去查案去了。

「好一個泡蘑菇的法子，」老麻皮說：「她的仙家藉著查案的名目開溜掉了，事情有頭無尾拖在這兒，你能把她怎樣?!」

「除非她不吃這行飯，」牛小虎兒說：「我倒要看看拖到後來，她究竟怎樣交代？」

小張奶奶暈在地上好半晌，才做出悠悠醒轉的樣子，她明白這一關雖然混了過去，她卻是敗得很慘。說恨嘛，她不恨牛小虎兒，卻恨上了愛管閒事的老麻皮，恨上了平白出現的拐腿劉，也恨上了徐小嬸兒母女，若果沒有這些人，牛小虎兒是不會把自己當成對頭的。

「瞧罷，」來看熱鬧的人群望著小張奶奶鼠竄出牛家宅門的背影，也私下議論說：「這宗事兒沒了，真正的熱鬧還在後頭呢！」

街坊上的議論總沒離譜，在某些事情上，小張奶奶顯出了她的顏色。當拐腿劉離開瓦窯鎮之後沒幾天，那個替牛小虎兒撐腰的老麻皮就在賭場上栽了個意外的筋斗。

當然，這事好像和小張奶奶毫無相干，老麻皮是擲骰子時，被人發現他兜肚兒裏藏有三粒裝了鉛的假骰子，罩上了詐賭的罪名，有人一聲喊打，乒乓一頓拳頭，就把老麻皮揍成了戲台上的大花臉，他兜肚兒裏的老本，全叫人家給搶走啦。

牛小虎兒也去看望過被揍得鼻青臉腫的老麻皮，問過他究竟是怎麼回事兒？

「你以為我會詐賭？」老麻皮哭喪著臉說：「我是替你墊了刀口，……直到如今，我還沒弄明白，我那兜肚裏幾粒裝鉛骰子是哪裏來的？」

「這筆賬先記著，」牛小虎兒發狠說：「等我訪實了，找小張奶奶打總算。」

「能忍，你還是暫時忍口氣。」老麻皮說：「我給他們磨弄成這樣，一時幫不上你的忙，你當真能單槍匹馬的獨鬥巫鬥？」

「有當無的，權且試試看。」牛小虎兒說：「我要能半路收兵，早先就不唱那本紅臉的戲了！」

牛小虎兒說是說了這話，沒等他先發制人，另一宗事故又鬧了出來。

小張奶奶爲了她插在巷裏的那一排香火被人踢倒，硬栽說是徐小孀兒母女倆弄的鬼，等到牛小虎兒擔著肉去出攤子的時辰，在徐家大門口跺著腳罵街，口口聲聲自稱她是秦四郎。

徐小孀兒母女倆的膽子還沒有綠豆大，就是敢開罪小張奶奶，說什麼也不敢開罪她那幾個拖尾巴的靠山，真是怕到打了不敢還手，罵了不敢回口的程度；小張奶奶也許早就料定了這一點，便搬出一張條凳來，疊著腿坐在徐家大門口，沿著徐家大門兩側的前牆牆角，點燃了幾十炷香火，然後仙家附體，大唱大跳的罵將起來，那種詭異的聲勢，使得附近鄰舍只看著聽著，站得遠遠的，沒人敢上來搭腔。

秦四郎先是這樣的指控著：

「妳徐家的母女喲，沒正經，

轉臉就忘卻了仙家當日的大恩情，
一心向著那殺豬賣肉的牛家小虎，
哪嘿還有一絲一點拜神的心?!
妳踢倒了香煙攔了我的路，
戲弄我仙家罪不輕，……」

可憐徐小嬸兒被嚇昏了頭腦，哪還能記得究竟在什麼辰光走路沒當心，踢倒女巫所插的香火?仙家附在女巫身上，跳跳蹦蹦的罵上門來，她嚇得關起門來，連聽全不敢細聽了。

聽不聽由妳，小張奶奶罵得起勁，哪能就此甘休，舞起條凳擂打著那扇緊閉的門，一直罵到晌午才休兵。仙家對徐家母女提出那許多繁苛的條件：一、不准徐家母女再踏進牛小虎兒家的門檻兒，二、不准背地裏議論仙家的長短是非。逼著徐小嬸兒燒香立誓，上一台全供，向仙家叩頭賠禮，又逼著徐小嬸兒燒四柳斗紅包袱紙錠兒，在野外修一座仙堂。最後唱道：

「我仙家的開示喲，妳都要遵行，
好歹顯出妳母女知罪求饒的一片誠心，

假如妳母女不照辦，
我叫妳們食不安來，睡也睡哟不寧，
晝多煩惱夜多驚，
長吁短嘆哭嚶嚶……。」

晌午過後，徐小孀兒不敢再跟素姐兒待在宅子裏，正打算抽冷子開門逃出去，誰知剛拔開大門的門閂兒，那女巫小張奶奶早已手叉著腰，豎著眉毛瞪著眼站在門口等著了。仙家這一來更是火冒八丈，從晌午罵到傍晚，把徐小孀兒母女倆給困死在屋裏啦。

實在說，徐小孀兒倒不敢存心違拗仙家開示出的條件，她是貧苦人，心餘力絀張羅不出錢來做那些，小張奶奶卻像針尖麥芒似的緊逼著。等到牛小虎兒收拾肉案子回家，徐家母女倆一整天的罪已經受過去了，還是小龍嫂起的頭，把這事告訴了他的。

「這婆娘也太沒道理了！」牛小虎兒說：「她把香火插在路中間，巷子這麼窄法，卻不准人去踢它，人究竟要不要過路？……那些香火，明明是我昨晚踢倒的，她卻欺軟怕硬，硬賴到徐小孀兒母女的頭上，真是個不知羞恥的女潑皮。」

「說這些有什麼用呢？」小龍嫂憂心忡忡的：「爲著小龍的事，你業已把小張奶奶的面皮撕破了，你勢孤力單一個人，怎樣跟她去鬥法？」

「小龍沒死，她硬咒他死了，又詐騙了我們積聚的錢，她總要交代明白罷，」小虎兒跟他嫂子說：「這可不是能捏著鼻子呑嚥下去的事情。我在想，真正撐起她腰桿的，倒不是那些拖尾巴的狐狸精，只是那幫邪魔詭道的巫童，老痲皮就栽在他們手上。」

「那些巫童你能對付得了嗎？」

「有什麼不能?!」牛小虎兒說：「把我弄急了，我只好豁著幹，搗他們的灶，砸他們的鍋，出出這口久鬱在心的怨氣了。」

牛小虎兒還沒計較出一個成算來，徐小嬸兒的宅子裏可又鬧翻了天；三天夜晚連著出怪事，嚇得那母女倆鬼哭狼號的隔牆狂喊救命，還是小虎兒有膽量，架起梯子爬過牆頭，把她們救到隔鄰自家宅子來的。

「妳們究竟遇著什麼了？」他問說。

徐小嬸兒打著牙顫，磨蹭了半天，說是鬧鬼，素姐兒卻抽搐著指說是鬧狐仙。……院子裏抛擲來好些碎磚碎瓦，她們都曾看到一綹人髮，浮在半虛空裏飄動，月光底下，見著一隻青磁的罈子從牆陰滾出來，在院心當中像鞭抽的陀螺般的打轉，三隻腿的老椅子，也會吱呀吱呀的走路……這裏那裏，都像有黑忽忽的影子，是人是鬼也弄不清楚。

「好了！」牛小虎兒說：「我知道那是什麼了，我這就去弄個明白。」說著，他緊一緊腰肚兒，就出門摸進黑裏去了。

夜是冰寒的，風很尖猛，他的腳步敲打在地面上所發出的空洞的音響，立即就被風捲落到身後很遠的地方去，聽來幽幽緲緲，彷彿在旁的黑角落裏，也有誰在走路一樣。他一溜煙出了太平巷，轉朝東拐，直朝閻王廟那邊的賭場撲過去。

哪兒有那麼多仙呀鬼呀的？牛小虎兒一開頭就想到了那些甩手幫閒的巫童，徐家宅院裏的怪事，全是他們幹的，趁黑追過去，不難抓到他們的把柄，有了把柄在手裏，自然就容易對付了。

賭場緊靠著閻王廟隔壁，遠遠就望得見燈火亮，牛小虎兒奔過去，裏頭的笑語聲一直傳到空場子上來。

「三吊大錢一晚上，不壞呀！」一個說：「幹這種事，只有贏的，沒有輸的。」

子了。」

「鬼也裝了，老麻皮也整了，」另一個笑著說：「朝後該輪到那殺豬賣肉的小子了。」

「說句實在話，二哥，那小子倒是不太好整，腰圓胳膊粗，咱們不是他的價錢。」

「少邪氣，你這膽小鬼，」笑著的那個說：「雙拳敵不得四手，你怕個啥玩意兒？」

一夥傢伙正在說笑著，但聽吱——的一聲響，一扇門被人給踢開了，牛小虎兒勒著兩隻拳頭，頂著門框兒站著，發話說：

「誰要整殺豬賣肉的，儘管拍胸脯上來，用不著趁黑幹那些鬼事，你們不妨結夥上，壯壯聲勢，老子一個人全領著。」

那夥兒巫門裏的傢伙，一共有五六個人，有一個還拿著長竹竿，一綹線牽的假髮還在竿頭上繫著，一見牛小虎兒紅著眼珠進屋，一個個的臉都有些兒發青，默默的怔在那兒。

牛小虎兒望了望說：

「嚇唬婦道人家，算什麼玩意兒？你們是有種的，替我站出門去，廟前方場上見兒真章，我在廟門口等著你們！」說了這話，他就退出去了。

那些潑皮楞了一陣兒回過味兒，這才發覺剛剛硬是被牛小虎兒震懾住了，瓦窯鎭一向是吃巫門飯的老碼頭，假如砸在這個外鄉來的後生小子手裏，那才真是天大的笑話呢！你兄我弟一吆喝，他們便拎著馬燈，抄著木棍和幾宗稱手的傢伙，呼嘯著湧了出來。

「揍，揍死那個殺豬賣肉的小子！」

「叫他躺平了回去，二哥！」

馬燈斑斕的光影搖晃著，雜亂的腳步朝廟門口湧來。

牛小虎兒雖說是憑著一股盛氣而來，卻赤手空拳沒帶任何傢伙，一看那些潑皮抄了傢伙出來，他再是精實強壯，空著手也沒法敵得五六支木棒，心裏一急，急出個計較來，返身奔進廟去，衝著神台上的關王老爺的神像拜說：

「關王爺在上，爲了砸爛那些邪門貨色，少不得求您借刀了！」

說著，又走到關王爺身邊，跟持刀的周倉說：

「黑臉的周老爺在上，這柄青龍偃月刀，先借我牛小虎兒用一用，等歇原物奉還罷。」

他抽出那柄大刀，在手裏掂了一掂，神像雖是木雕的，這柄青龍偃月大刀倒是貨真價實的鋼口鐵柄兒，只是略爲笨重了一點。

潑皮們湧過來時，看見牛小虎兒返身奔進廟去，還錯以爲他是膽怯圖逃了呢，心裏一存這種如意的想法，膽氣越發變壯了，暴聲喊叫說：

「關王老爺也庇護不了你啦，小子，出來挨揍罷！咱們只要你半條命，用不著怕死。」

喊叫還沒喊叫完呢，牛小虎兒一個虎跳，從後大殿的黑裏冒了出來，他穿著油污納垢的小棉襖，捲起褲管，腰眼勒著寬腰肚兒，雙手揚起那柄帶響鈴的青龍偃月大刀，撥風般奔出廟門，直朝馬燈的光影撞將過來，嘴裏像戲台上唱大花臉的角色般的，發出一串哇喲喲喲……的怪叫，呼呼舞弄大刀，罵說：

「老子今夜要替關王老爺除妖了！你奶奶的。」

兩方還沒真砍實殺呢，單憑牛小虎兒這種捨命相拚的氣概，就把那夥潑皮剛剛聚起的那股暴戾的邪氣壓伏下去，他們誰也沒料到對方要出這一手絕招兒，——竟借用了神台上的那柄大關刀。

一般說來，吃巫門飯的多少還有些自知之明，曉得他們終是邪道，故所以對於關聖帝君都有著一份由來已久的憚忌，如今，這柄大關刀緊握在牛小虎兒的手裏，那氣勢，和他手握殺豬刀就大不相同了，誰敢甘冒不韙，用手上的木棍跟關王爺的神兵去碰觸呢？誰碰上了，誰就脫不了顏良文醜的噩運。

可是牛小虎兒業已直撞了過來，在他們頭項上霍霍的舞動一刀，使他們想脫身又脫身不了，有兩個試著用木棍去擋，噹啷之後接著咯嚓，有的叫大刀磕飛了，有的被刀口斬斷，還有小半截兒攢在手上。

那些潑皮平素賣狠，一旦到了性命交關的當口，居然也懂得人在刀口下，不得不低頭的道理，每當牛小虎兒手上的大刀呼的橫掃過來，他們有的蹲身屈膝，雙手抱頭去避鋒芒，有的壓根兒脊梁朝天，學起狗爬來了。

「小虎兒哥，小虎兒哥，咱們和了罷！」巫童的領班叫盧大噓的傢伙被刀柄聳跌在地上，回頭求告說：「鬧出人命來，於你沒好處，你何必認真，爲你自己添麻煩來？……得饒人處且饒人啊！」

「嘿，你們要懂得這個，就沒有今晚上了！」牛小虎兒說：「你們以爲我會拿你們狗血沾污這柄大關刀？拿刀柄兒打狗終不犯法罷！」

「不必生氣，真是，我們吃這行飯的，實在不能砸鍋。」盧大噓喘息著，「朝後我們再不替小張奶奶撐腰作勢，也就罷了。」

牛小虎兒收了刀，抱在懷裏說：

「你們揍了老麻皮，又栽他詐賭，是誰幹的？」

「是我。」盧大噓打地上爬起身，拍著屁股說：「其實是小張奶奶唆使的。到徐小嬸兒家拋磚弄瓦做那些虛玄，也是她唆使的，每人每晚領三吊錢。有賬，你該找她去算，咱們幾個只是跑腿幫閒的。」

「好罷，你們替我滾，」牛小虎兒說：「日後再這樣欺人訛人，犯到我手上，我就不會像今晚這樣客氣了！」

甭瞧人嘴兩塊皮，消息傳佈出去，真比什麼都快！牛小虎兒一個人掄著關刀打巫門惡漢，使盧大噓趴在地上學狗爬的事，被鎮上人們繪聲繪色的傳開來，消息傳到小張奶奶的耳朵裏，她這才氣燄盡收，曉得事情不妙了。

她是第二天黑夜，收拾細軟捲逃出瓦窯鎮的，後來一直沒回去過。於是，大關刀能鎮邪的傳說，又多了一個有力的明證。但小龍那宗疑案，仍一直懸在那兒，有些自作聰明的人替那女巫解釋說：

「還不知是哪兒的野鬼騙了狐仙，冒充是牛小龍，好藉機敲詐紙錢的。」

「可惜小張奶奶沒想到這樣的圓謊。」有人笑說：「否則她就不會跑掉了！」

染匠房的故事

西街的染匠坊是許小老漢開的，許小老漢並不真的是老態龍鍾、鬚髮蒼蒼的老漢，那只是他的乳名兒。不過，當你瞧著許小老漢那個人，你就會覺得，這乳名兒取得可真很有些學問了！……三十來歲的男人，只有三尺來高，斯文兮兮的一個大腦袋就佔去三尺裏頭的一尺，一樣是粗眉大眼，獅子鼻，吃四方的大嘴，不看下半截兒，你還以爲他是丈許長人呢。

人矮不怕矮，就怕矮得怪氣，許小老漢就是這麼個怪氣的人物，只有在傳說的大馬戲班子裏，有過所謂「罈童」，能跟他相比，不過，罈童是裝在罈子裏長大的，許小老漢卻是天生的。

人說：矮子矮，一肚子拐，這話可沒說錯半點兒；許小老漢肚子裏的玩意兒真是不少，有人說，他跟他爹許老矮子學過祝由十三科（一種旁門左道的邪法），會奇門遁甲，驅鬼召魂。按理說，他該做個法師一類的行業・賺賺四方錢的，不過，他卻開設了染匠坊。

在鎭上，有關許家染匠坊的傳說，拾拾能裝滿一籮筐，歪嘴徐四叔告訴過我：

「什麼許小老漢會祝由科？全他娘的說鬼話！許家五六代都是矮子，抬頭看人看多了，心裏不自在，得要在他們自己身上編排些出人頭地的本事，好使他們心裏覺得高出一點點罷了！」

孩子的嘴是不甘沉默的，有人就問歪嘴徐四說：

「徐四叔，那爲什麼旁人都講他們會法術呢？」

「會個屁！」徐四說：「許老矮子是怎麼死的?!——一天到晚瘋瘋癲癲的唸咒語，手裏拿著桃木劍，腰裏勒著舊草繩兒，有一回，當著滿街的人，要玩一個水遁給人家瞧瞧；大夥兒一聽，老矮子要借水遁，誰不願開開眼界來？我就是當中的一個。」

「後來你見著了沒有？」

「見著了，怎麼沒見著！」歪嘴徐四的嘴，本來就歪，一笑起來，更歪得離譜：「他大張開兩隻胳膊，奔到後街的大汪塘，一頭栽進去，人就不見了！」

說得真神奇，可不是？凡是常手抱膝頭蹲在書場上聽說書的孩子，沒有幾個不迷於那種遁法的，要按照歪嘴徐四叔的形容，那麼，許老矮子豈不是媲美封神榜裏的土行孫了嘛？

「許老矮子借水遁遁到哪兒去了呢？」

「遁到哪兒去?!」歪嘴徐四有些幸災樂禍的意味：「汪塘不通東洋大海，他總不能去拜會四海龍王。實在告訴你們罷，他遁進水裏去，可沒遁得出來，閻王爺請他喝馬虎湯去了……屍首是雇工打撈上來的，頭和手都栽在池底的汙泥裏，像是一隻泥鰍。」

無論歪嘴徐四的言語有多損，在我們眼裏看起來，許小老漢總帶著三分與眾不同的神秘味道，他家的那座染匠坊也充滿了神秘的色彩，誘發著我們的好奇心。迴環著的灰磚老屋子，參差的脊瓦縱橫交織著。那座染匠坊，少說也有六七十間房舍，這邊的穿堂連著那邊的過道，像一張巨大的蛛網，這表示出：即使許老矮子是個自毀性命的老瘋癲，許家還是有著很紮實的根底兒。

有人說：「許家早先是個破落戶，全是在許老矮子手裏橫發起來的，……橫財不發家，你們瞧著罷，到許小老漢的手上，準敗。」

對於這種傳言，歪嘴徐四叔一口咬定是真的。

「不錯，許老矮子是個暴發戶，人說，一年春尾，他在院角的柴堆邊看見一對正在交配的蛇，——你們問蛇怎樣交配？孩子家頭伸多長的問這個幹啥！——蛇交配，就是兩條蛇交纏著，那樣子，很像街口老王賣的麻花兒。鄉下的古老傳說，說是人要看見蛇交配，是大吉大利的，主財星；許老矮子就不聲不響的用麻袋套住了這兩條蛇，把牠們鎖在一隻大木箱子裏。……他交了靈蛇運，破染匠坊變成全縣最大的一家染匠坊，這事，年紀大些的，有不少人聽講過，儘管許老矮子生前從沒承認過有這麼一回事，——實在他不敢承認，一承認，家就敗了！」

事情聽起來很荒謬，不過，蛇交配的事，沒誰親眼看見過，對於歪嘴徐四叔說的話，也就沒人能夠反駁了。其實，事情相隔這許多年，許老矮子的墳頭上早已長草，真也好，假也好，只是聽著有趣味，哪個還會存心追根究底的查究去?!

我們的興趣，還是在於染匠坊本身，那種令人很難摸得透的神秘色彩。

染匠坊是很忙碌的地方，那些男女染工們常忙成那種樣子，——使人覺得他們自己也被染過。額上黏著洋紅，頭上染著靛青，衣服上紅一塊、綠一塊，好像釘著蝴蝶，大鍋灶是三連灶，火燄猛得從鍋洞口反竄出來，熱霧中充溢著各色顏料混合的氣味。

做孩子的假如要跑進染匠坊去玩，你儘管玩你的，只要不接近盛放染料的房子，不靠近煮染料的鍋灶，沒有人會禁止你，偶爾會遇上幾個脾性很驢氣的男染工，故意這樣怪聲叱喝：

「走開，甭擋著過道！」

或是：

「讓一讓，當心燙脫了皮！」

當然也有忙裏偷閒使捉狹的傢伙，會在人臉上抹些顏料，讓人變成大花臉，但這種情形是少而又少的。染工們總是那麼忙碌，燒火煮顏料，一疋疋的染布，染到某種程度，要把大鐵鍋端起來，連顏料水和浸煮的布疋，一起傾進排列著的染缸裏去，用幾支木棒挑翻布疋，徐徐攪拌著，使所有的布紗都浸足，這樣染出來的布疋的色調才會均勻；攪拌了一些時刻，把布疋起出缸來，晾到側院的晒場上去，側院是很大的院子，高高的豎立著許多晒架，那些晒架，要比鎮上任何房子都高得多，整疋染妥的布，像一條條飛蛇似的在那些晒架上起伏著，染工們忙得連汗都懶得去擦。

不過，開設染匠坊的老闆許小老漢並不忙碌，他只是坐在放染料的房子前面喝茶或是吸旱煙，精打細算的計較著若干顏料染出了多少布疋？小老漢的老婆，鎮上的人都叫她白牡丹的，她跟小老漢一樣的閒坐著，不過，丈夫看管的是染料，她看管的卻是晒場上的布疋。

「不看著行麼？」她跟街坊怨苦的說過：「整打整抖開來的一疋布，扣去縮水的折頭，收布時一查，一頭被剪刀絞過了，量一量，菩薩媽媽，差了一丈五尺三啦，……這些染工，哪是染工?不全是賊嘛?!」

照說，白牡丹不該是這麼個小器的女人，偏偏卻小器得很，不過，話到歪嘴徐四叔的嘴裏，就不是這麼說了，他會把這種事，全編派到許小老漢的頭上：

「牡丹插在牛糞堆上，香還沒香出來，臭先臭上了!許小老漢是那種人，他老婆敢不小器?」

歪嘴徐四叔哪怕說破了嘴呢，許小老漢卻不在乎旁人在背後怎樣評論他，他的日子是一塊老模老樣的刻版。許小老漢愈是不理會外間那些閒話，歪嘴徐四叔的話愈說愈加尖刻了，彷彿他跟對方存心嘔上了氣似的。

「憑他許小老漢那種五短十不全的人，居然狗運臨頭，能娶著白牡丹那樣的女人做老婆，真是他娘的怪事，咱們打著燈籠找不到的便宜，他走黑路踢在鞋尖上，……嗨，這話不說也罷，×氣彎了，他還當是自來翹呢!」

氣話雖說是氣話，也不能就說歪嘴徐四毫無道理。白牡丹娘家姓魯，早在她沒嫁到許家之前，在魯家大莊那一帶地方，她就是出了名的大美人兒，嫁到染匠坊來晃眼好幾年了，一直沒開過懷(**鄉俗語：開過懷就是生過孩子。**)她的美，也正像許小老漢所標榜的許家染坊染出的布疋那樣——永不褪色。

鎮上幾條街，不論是姑娘還是小媳婦，比來比去，還是數白牡丹頂尖兒，瓜子龍長臉，臉皮上能掐得水來，細而彎的眉毛下面那雙大黑眼，亮溜溜的，不笑也有笑的味道。這種樣的年輕女人，若跟旁的男人站到一起，就算委屈罷，也委屈得有限，若跟許小老漢站到一起呢，那簡直就像潘金蓮配著了武大。歪嘴徐四即使不說，有眼的都會看得出來。

算她白牡丹真箇是天仙罷，她總也有些美中不足的地方，至少，她不像許小老漢那樣得著孩子緣，那就是說：我們喜歡許小老漢那種又醜又怪的矮子，卻不喜歡從不跟小孩打交道的白牡丹！套句染工的話說：她雖顏色鮮豔，卻是個冷色，尤其對孩子，簡直連半點兒熱乎勁都沒有，就是拿眼瞧你，那神情，彷彿是欠了她兩百錢似的。而許小老漢跟她全然不同，許小老漢喜歡孩子喜歡得過了頭，便顯得有些巴結的味道。

「來罷，你們這些小把戲，」他常常這樣招呼著：「甭到晒架下面亂竄，染的布疋還沒乾，會弄髒衣裳，回家準挨罵，這邊圍一圈兒坐著，乖乖的，我來講幾宗奇怪的事給你們聽聽！」

小孩兒聽故事，當然是越稀奇越好，不過，許小老漢所講的故事，他絕不說那只是故事，每宗事，他都說得有憑有據，什麼時辰，什麼地方，都是些什麼樣的人，他交代得一清二楚還嫌不夠，硬要加上一句說：

「不信麼？不信你們到某個地方，找某人查問看看，我從不胡謅瞎侃騙孩子，那多沒意思，要光講故事，不如捧一本聊齋唸唸還好些呢！」

許小老漢之能得孩子緣，八成是他會講那些怪事的關係。

若能講說妖魔鬼怪的故事，鎮上很多白鬍子老頭都有一套，只是他們講故事，總會有講窮了的時候，聽來聽去也都是那幾個，拉洋片兒一樣的輪著。許小老漢可不是這樣，他從來不講旁人聽熟了的老故事，而且他講出來的故事，都是聳人聽聞，使人咄咄稱怪的。

「相信不相信？」每講完一個故事，他就會這樣的問著。一直等到聽的人點著頭，說出相信來，他才會露出瞇瞇的笑容來說：

「是嘛，你們要是不相信，朝後我不講了！」

他歇著叨起煙袋桿兒，用很笨拙的姿態吸著煙，叭叭有聲的咂吮著嘴唇，煙霧從他額前朝上飄，隔著煙霧去看他的臉，更覺得有些怪氣——很和善的那種怪氣，使人非但不懼怕他，反覺得他有一股磁石般的吸力，牢牢的把人給黏住。

許小老漢儘管能黏住我們，但總黏不住他的老婆白牡丹，夫妻倆關了門進房以後怎麼樣？誰也見不著，至少白天當著人，老婆對他比對路人還冷，如果說我們真欠白牡丹二百錢，那麼許小老漢該多欠她一倍。

有時候，許小老漢跟我們談鬼說怪正談到興頭上，老婆走過來，冷冷漠漠的幾句話，像兜著人頭潑下一盆冷水：

「吃飽飯閒得牙癢癢了，死沒出息的，光知沒正經的磕閒牙！人話不說，說鬼話哄孩子，叫人有一隻眼睛瞧得上你？除非你自己津津有味的不覺噁心！」

許小老漢就有那麼足的火候，老婆再怎樣逆著來，他都心平氣和的順著受。三寸丁武大郎就照書場上說書的形容，好歹也有三寸脾性，他卻連一寸也沒有，逢著我們笑他，他就會一本正經的說：

「可甭吱嘴咧齒的笑這個，天上的玉皇大帝還怕王母娘娘呢，凡人有幾個不怕老婆的？……她這白牡丹，跟早年書本上的那個白牡丹一樣，只喜歡呂純陽，我的陽氣不足，命該受陰人欺侮。我說這話，可甭傳到她耳朵裏去，叫她聽著了，我能被她磨折得矮三寸。」

到染匠坊裏去常了，我們探聽到很多神秘的事情，比如說：那間盛放染料的黑房子，除了許小老漢之外，從不准旁人踏進去，我們從門口朝裏邊探望過，外間放列著笨重古舊的木架，木架上羅列著瓶瓶罐罐的染料，裏間黑黝黝的一片，原有瓦嵌的小窗也被牛皮紙封住了，從地面的反光，隱約可見到裏面的陳設，有放置香燭紙箔的方桌，有長長的神案，和鏤刻著精緻花紋的檀木神龕，外面張著兩幅小小的黃幔子，不知道幔子裏面供著什麼？

除了這個，再就是許小老漢夫妻倆的事了，這對夫妻之間，究竟有些什麼樣的瓜葛？外面絕少有人弄得清楚，也許是許小老漢火候到家，嘴又閉得鐵緊，儘管天南地北的無所不談，卻絕口不提到他老婆隻字，這種剃頭挑子——一頭熱的脾性，至少使他們夫妻在表面上過得去，即使有些兒小波小浪，也弄翻不了這條鴛鴦船。

人說拾話容易探話難，你要想伸著腦袋去打聽什麼，很難弄出點兒眉目來。我們做孩子的耳聰目敏，又沒人防著你什麼，這兒聽聽，那兒拾拾，東湊西綴的，很快就綴出些有頭無尾的線索來了。

有一天，跟一個老染工談閒話，談到許小老漢日後要是有了個兒子，是像白牡丹那樣又白又俊呢？還是像許小老漢那樣又矮又醜呢？

「嗨，咱們東家真是可憐透了！他這輩子，哪還指望有子息?!」老染工說：「東家娘子不要孩子，他是想要也要不上呀！」

你聽罷，可不是話裏有話怎麼的？天底下，竟然有女人不要生養孩子的，對於許小老漢那種老實人，不是冷，簡直近乎絕情了！

「孩子要是來了怎辦？」大一些的一個問了：「難道她會在孩子落地後，伸手扼死他？」

「甭看你長得高大，小孩究竟是小孩，說起話來半生不熟的。」老染工說：「沒有花，哪來的果兒？……他們夫妻倆一直不同房，孩子會打天上掉下來?!」

再聽聽罷，秘密不是像泉水似的朝外湧出來了麼？我們樂得傻模傻樣的窮追到底。

「夫妻怎會不同房呢？你說說看！」

「這有什麼好說的，真是！」老染工微皺著眉頭，樣子並不是嫌煩，而是在思量著該怎麼說法兒。隔了一陣，他又嘆口氣說：

「東家實在是又矮又醜不中看，嗨，人說：牛不知力大，驢不知臉長。這話裏可有一番道理在！換我是東家，攬著鏡子照照自己，我就不會大睜兩眼，娶那種女人進門來。矮腳驢配駿馬，想上牠的身比爬山還難，壓根兒配不上呀！」

「正話正說好罷？甭朝歪處扯。」

老染工的眉頭皺得更深些，眉心堆起一把疙瘩：

「我說的全是正話，……每回東家要進房，都叫東家娘子推拒出來，有時動腳踢出來，有時揪住耳朵拎出來，硬說他腋下臭，身上髒，總而言之，沒道理也要捏起些道理，讓人覺得她不讓漢子進房是該當的。」

「換是我，可沒有這般老實順從，家是我的家，床是我的床，老婆是我娶來的，她不依我，倒叫我反過去依著她，哪有這種道理？」街頭的七狗兒說。

七狗兒雖說才十四五歲，流氣兮兮的，經常在賭場上跟賭鬼們窮混，常常自誇他懂得的事比我們都多，所以說起話，也有幾分成人的味道。

老染工聽他的話聽得笑起來：

「這話，咱們東家也說過，只不過不像你說的這樣硬梆罷了！……一天晚黑，東家娘子把他攆出房門，他央告說：甭嫌我髒，我這就到澡堂子裏洗把澡，換身乾淨衣裳再來罷！……你知東家娘子怎麼說：甭拿洗澡來跟我纏磨，豬也常洗澡，泥水塘打滾，——越洗越髒！硬把東家比成豬，你說氣人不氣人?!」

「哼！」七狗兒豎起眉毛說：「換是我，一紙休書休了她，再不然，送她到庵裏做尼姑去，許家不是沒給她肉吃，是她自己不要沾葷！」

「又是換是你，換是你的，」老染工說：「換是你早就沒有這些事了，醜人娶著俊媳婦，即使不大吵大鬧，總也不會風平浪靜過一輩子就是了！」

說這話時，老染工正在側院一角的倉屋裏，收摺著染妥晾乾了的布疋。從倉屋的門裏朝外望，白牡丹搖著綠色的新鵝毛扇子，正端端正正的坐在晒架那一頭的木椅上，穿著一身素白的綢褂褲，滾著一道狗牙齒形的豔紅的鑲邊，遠遠瞧過去，恰像一尊白磁的觀音——或者是變成觀音形象的白色妖魔。

老染工並沒把要說的話講完，就叫來人打斷了，不過我們一點兒也不性急，朝後有的是日子，想弄清楚的事，總沒有弄不清楚的。

後來我們自己也七嘴八舌的猜議過，染匠坊的放染料的小屋，神龕黃布小幔背後，究竟供的是什麼玩意兒？為什麼不准外人踏進去？許小老漢為什麼不娶一個平頭整臉、面貌平常的姑娘，偏要捧寶似的捧著白牡丹這樣一個沒有人味的冷冷的活磁像？歪嘴徐四跟許小老漢之間，究竟有著什麼樣的過節扯不清？為什麼專在背後貶駁那個染匠坊的老闆？

雲一陣霧一陣的猜想和議論，總是得不著結果的，愈是這樣，染匠坊裏的神秘氣氛愈濃，而我們的腦袋，也愈伸愈長了！

略使我們覺著怏怏的是那個無心吐話的老染工，不知為了什麼開罪了白牡丹？——也許因為他愛說閒話罷，——叫白牡丹給攆走了。旁的染工，多半是些敲也敲不響的悶葫蘆，牙縫裏總漏不出我們要聽的話來。

我們逼不得已，又去找歪嘴徐四，把打從老染工那兒聽的話，一五一十的轉述給他聽，歪嘴徐四說：

「你們這些小小子，哪兒不好玩？窮打聽這些幹什麼？他許小老漢生不生兒子，跟你們有啥相干?!我徐四到如今獨喝悶酒，連個老婆也沒混上，你們怎麼不關心來著？真是！」

「我們只是覺得事情鬼祟，蠻有味道的。」七狗兒說：「比方人家供仙供神罷，也沒人說不准旁人進屋去看的，你難道不想探聽清楚，染匠坊那黑屋裏，神龕的黃布幔子背後，究竟供的是什麼玩意兒？——你敢斷定那不是祝由科裏的秘法？」

歪嘴徐四連連搖著頭：

「我不是早跟你們說過嗎？許小老漢祖上三代全不會什麼旁門左道，我當然不會相信那個！……一般說來，各行各業都供他們自己信奉的神，木匠供魯班，酒坊供杜康，唱戲的拜關公，娼戶祀管仲，染匠坊供一尊神，有什麼值得驚怪的？」

實在說，就算他歪嘴徐四叔滿肚子都是道理，我們也不願意聽。噢，碰他高興只許他講染匠坊的長和短，卻壓著我們，不讓人去探聽，這種只許州官放火、不許百姓點燈的做法，真有些惹厭。當然，我們一心的好奇，決不會被他一冷棍給打悶掉，此路不通，另走旁的路好了。

我們急急乎的想要探究什麼的時辰，許小老漢卻仍那麼溫吞，安逸的過著他的日子，彷彿沒發生過任何的事故。不過，染匠坊裏的事故，逐漸的多起來了！

事故究竟是怎樣起頭的，我們並不知道，但白牡丹老是大發脾氣，用高亢尖銳的嗓門兒叫罵著，詛咒著，她叫罵詛咒的對象，當然是那些受雇來的染工。

「這些賊骨頭，不該挨罵麼？」她逢人就怨訴說：「膽子越偷越大了，滑過會打洞的老鼠，早先只是順手牽羊，偷些零頭碎布，現如今，染妥的洋布，整疋整疋的丟！……染坊還能開下去嗎？」

染匠坊光是丟掉布，事情還簡單些，能偷就能查得出線索來，但連染料都出了毛病，那岔子可就大了！顏料罐裏的各色染料，都是許小老漢自己親自去縣城裏整盤批發來的，一到家就進庫，庫房門掛著一把很大的青銅羊角鎖，鎖匙一式兩把，一把放在許小老漢本人身上，他用銀鍊子串起，捌在腰帶上，另一把交給了白牡丹，那就明白的表示出，那屋子只有他們夫妻倆能開門進去；染妥了的布疋失竊，還好朝旁人頭上賴，染料出了毛病，全在他們自己的頭上，任誰也賴不著。

染料出了毛病的事，夫妻倆全沒有對外講過，但這種事情極難瞞得過人眼，染妥的布疋從染缸裏一撈出來，不用晾晒，事情都寫在那深一塊淺一塊的顏色上了。

「糟糕！」布疋經過許小老漢一察看，他便顯得很懊喪的說：「怎會弄成這樣的呢？多犯忌諱的事！」

「甭再講了！」白牡丹趕過來怨說：「染料是你看管的，你還怨得了誰？八成你這回在城裏上了染料商的當，買了假顏料回來，才把布疋染成這樣子，沒二話好講，掏腰包買布賠罷！」

吃老婆這一怨責，許小老漢不再吭氣了，白牡丹更是得理不饒人，指著許小老漢的鼻子，數黃瓜，道喇叭，把怨聲怨氣都傾瀉在矮男人的頭上……我們看那些展開的布疋——至少有十多疋布，不論染的是哪一種顏色，全都不勻淨，就像是一張沒洗乾淨的泥巴臉，布面上斑斑點點、深深淺淺起雲暈，這些布疋，多半是布行送來請染匠坊代染的，染成這種樣子，誰還肯買？貨色送不出門，只有如白牡丹所說——另行買布賠上了。

話又說回來，染匠坊最怕的染布不上色，賠這十來匹布不要緊，憑他許小老漢，決計能賠得起，但滿倉庫裏的這些顏料，究竟還能要不能要?!染坊還開工不開工?!假如連著染成這樣，連著賠人家的布，染匠坊不是整砸了鍋，這門生意還能再做下去嗎？

白牡丹罵罵咧咧數落一陣子，心安理得的走開了。

身子團縮著，像被人當成球踢的刺蝟似的許小老漢，這才抬起懊喪的大頭來，跟染工說：

「先把整罐的黑顏料拎了去，把這些布疋改染成黑布留著罷。打整批不出去，托人代賣總能賺回本錢來，說什麼都比白扔掉要好些。明兒先歇工，我要仔細查看顏料，實在不成，我就進城另批顏料去。」

雖說事情鬧得這麼嚴重，當許小老漢臉轉向我們時，他的神情並不怎麼懊喪。

「你們是來玩慣了的，」他說：「我拜託你們一樁事，——染布不上色的事，你們甭跟外人去傳講，成不成？叫布行聽了去，會說咱這染匠坊沒信譽，影響爾後的生意，那樣，染坊就很難撐持了。」

「好啊——」我們爽快的允著，讓染匠坊關門這種事，衝著許小老漢的面，我們決不願做，只要能幫得上他的忙，什麼事我們都願意幹。

「好就好，」他眨眨帶倦的眼，打了個呵欠說：「那你們就早些回去玩罷，我還有些旁的事要做，等改天有空閒，再跟你們講幾宗奇怪的事，包管你們聽得過癮就是了！」

一離開染匠坊的門，我們就議論起來：許小老漢一向跟我們很投緣，無話不談的閒聊瞎扯弄慣了，今天染坊出了岔事，他卻有故意支開我們的意思，他說要幹旁的事，他究竟要做些什麼呢？

七狗兒說：「甭管他，也許他會去拜黃布幔子後面的菩薩，求祂保佑染布能上色，然後，他會騎牲口去縣城換購新染料，咱們用不著煩他的神了。」

「咱們玩旁的去。」

做孩子的成群大陣，不愁沒有事做，至少，撒野的玩耍我們懂得太多了。但也不知怎麼的，總記罣著那爿染匠坊，記罣著一排排的染缸，濃得刺鼻的染料氣味，灶口噴出的紅火燄，像螞蟻般裏外奔忙的染工們。

尤獨是黃昏時分，我們最愛到晒布的空場子上去玩捉迷藏，晒架上的起伏綿延的布疋，佈成了色澤紛繁的迷陣，在底下奔來奔去，別有一種神秘的趣味。即使安靜下來，成排的坐在東邊的矮牆上懸空盪腿也是好的，太陽欲落沒落，西邊天壁上黏著重重疊疊的光豔的霞雲，那種豔麗的霞光落在新染成的長疋彩布上，好看極了！

我很難想像古老的染匠坊要是一旦倒閉後，那兒會成什麼樣子？一支支晒架朝天空舉著，再沒有飛蛇般的布疋晾晒在上面，染工們散去之後，幾十間沉黯的空屋子，和幾十口張開大嘴很乾渴似的染缸，拿什麼去餵飽它們？

「算了！」七狗兒嘴裏雖沒明說，眼裏卻露出彼此同一的心意：「我們還是去跟歪嘴徐四叔談談去！——染匠坊爲什麼染布會不上色呢？」

「我看先甭急著去找徐四叔。」另一個說：「趁晚黑沒人見著，咱們挑幾個人翻短牆進染匠坊去，瞅瞅裏頭的動靜，看許小老漢究竟在幹什麼？不把事情弄明白，就是想幫他的忙，也不好插手。」

「對，這倒是個好主意。」七狗兒說：「我們就來挑人罷！」

按照年歲，挑人總是挑不著我，七狗兒和幾個年歲大些的孩子進染匠坊去，我們只能成排的蹲在矮牆角下的黑角裏，聽著蟲子叫。

七狗兒他們去了很久很久才出來，用神秘的聲音說：

「放染料的那間房子，門大開著，裏面燈火點得亮堂堂的，又是燈，又是燭，香爐裏燒著大把的香枝，許小老漢夫妻倆在拜神呢！」

「拜神，真有意思，咱們總算瞧見了！」另一個興奮得渾身打抖，說話的嗓子，像是害了瘧疾。

「噯，黃布幔子掀起來沒有？你瞧見那裏頭供著什麼東西沒有？」

「他們夫妻倆在說些什麼？」

嗨！連答話的時間也不給，那些沒進去的，個個全搶著問了起來。

七狗兒急了，連連搖著手說：

「先甭吵鬧，讓我說給你們聽罷！……許小老漢先是一個人在燒香拜神，跪在蒲墊上自說自話，嘰嘰咕咕說了一大串，我們分躲在門外邊，離得遠，只能瞧見他拱起的脊粱蓋兒，他說些什麼，隱隱約約的聽不清楚。……白牡丹是後來的，她也添香拜了神，跟許小老漢說的話聲音尖些，我們總算聽著了幾句。」

「那……那她說些什麼？」

七狗兒眼珠子轉動著，望著對街的窗光：

「她說：你甭磨蹭了，明兒既歇工，就多歇些日子！你到縣城去買染料來，這回進城，甭再鬼急慌忙受人的騙，要把貨色仔細認清楚，找信用的染料店買貨。……許小老漢說：好！我想不光是顏料出的毛病，這裏頭一定有鬼，剛剛我燒香允過願心，一天編一個故事，得編妥三個，跟那些孩子講三天，等他們點頭說是信上了，我把它交給鬼王存庫再走，……小鬼不動手腳，染布就不會不勻淨了！——你們說這事怪不怪氣?!他拜的不是什麼神，卻是陰司裏手執鋼叉，腰圍虎皮裙的五鬼王。」

「鬼王幹嘛要逼著許小老漢編鬼故事說給咱們聽？」一個困惑的說：「要咱們全相信這世上有鬼，多燒紙箔給他們？」

「也許就是這個意思罷！」七狗兒說：「不信世上有鬼的人越來越多了，陽世爲人的不肯燒紙化箔，陰世的小鬼沒錢花用，硬捏著染坊的脖子行敲詐。」

「這些鬼，也跟歪嘴徐四叔那幫子賭客一樣，」另一個說：「平素還算好，一旦上了賭桌，就六親不認的窮凶極惡！」

「嘿嘿嘿，」七狗兒粗聲粗氣的學著成人的笑聲，頗爲開心的說：「原來許小老漢平素說給我們聽的鬼故事，全是鬼王勒逼他編造的?!不但編造，還要硬把假的說成真的，還要讓聽的人都點頭相信了，這才燒香禱告，把它交給鬼王存庫，——染匠坊竟是這麼開的?!」

「好！」我們拍手打掌的說：「且聽聽明兒他怎麼個編法，不論真假，我們全點頭說是相信，好讓他交差。旁的忙幫不上，這個忙幫起來可容易得很。」

染匠坊還是照常的開工，——回鍋染著黑布。

許小老漢仍然裝出若無其事的樣子，吱起大牙笑著，想用那種笑容把眉影下面籠著的一團黑霧驅散。看他那種強自擠出來的笑臉，我們覺得他那怪氣的大腦袋真有三分頗爲滑稽的可憐相。

染工把一疋疋的黑布挑掛到晒桿架兒上面去，偌大的晒布場子，光景就黯淡下來，許小老漢望望那些黑布，裝出若無其事的樣子，跟我們說起故事來。

一切都像往常；他那怪氣的腔調，陰鬱又帶些空茫意味的眼神，不自覺的微帶痙攣的手指，處處都給人一種很不安的感覺，感覺到在這座古老陰沉的染匠坊裏，潛伏著不尋常的魔障：一定是那種魔障，才會把許小老漢弄成這種樣子。

「世上的怪異事兒，總是說不完的！」他用那種習慣的、嘆詠的腔調開了頭，他滿臉擠出來的略帶淒苦意味的皺紋，會把那張呆滯的大臉弄得非常誠懇，使人一瞧著他的臉，就會忘記他在編著故事。

「人死了，埋在墳裏，竟然會活回來？這種事，諒你們早先全沒聽說過罷？」

「我們沒聽說過！」蹲在地上的七狗兒搖著頭。

「嘿，西大園子上，稽兆山的家裏，就鬧過這種怪事情。」他說：「稽兆山他媽，鬧了一輩子風火眼，常年紅塗塗的，見風流淚，老街坊們都管她叫紅眼老稽奶奶，這位老稽奶奶，脾性極古怪，整年整月，巴家守舍不出門，防人跟防賊一樣。俗說：外賊好防，家賊難防。稽兆山娶個老婆，是丁家糖坊姓丁的閨女，人都管她叫兆山嫂，兆山嫂年輕輕的，人倒是生得好模好樣，蠻標緻的，偏偏天生的一張饞嘴。你們想想罷，一個饞嘴媳婦，遇上了吝嗇的婆婆，哪還會沒有戲唱罷？」

他說著，兩眼骨碌碌的在人臉上溜了一圈兒，看著我們鴉雀無聲的聽入了迷，這才又打掃打掃喉嚨，接著講述下去：

「兆山嫂那張嘴，原就饞得可以，偏巧那年冬頭上，她懷了身孕，儘想吃些好的，實在說，稽兆山替人家灌園子，家境夠清苦的，平素鍋裏全沾不上一粒油花兒，哪兒有什麼好的可吃？除了老稽奶奶養的那窩雞。兆山嫂不是白癡，哪有不知雞好吃的道理？可是那窩雞是有數目的，每晚雞上窩，老稽奶奶都會親自點數，雞雖好吃，但卻吃不得。

雞既吃不得，兆山嫂只好退而求次，把主意打到雞蛋上。老稽奶奶床肚底下塞著一隻大柳籃子，幾隻母雞生的蛋，她都按時撿起來，放在那隻柳籃子裏。那些蛋的數目，也都牢記在她的心裏，兆山嫂曉得，經婆婆點過數的蛋，和雞一樣的動不得，那麼，只有趁著雞在生蛋的當口，偷偷搶著撿了藏起來才成。

可是，母雞生了蛋，立刻就會咯咯叫的，老稽奶奶的眼睛雖不太好，但她耳朵還是很靈，於是乎，做媳婦的想到一個法子，——在雞生蛋時，她捧住雞的膝囊，這樣，雞就叫不出聲來了。

她用這個法子，瞞過婆婆，偷藏起三隻蛋來，傍晚煮飯時，她把三隻蛋放到灶洞的湯罐裏，趁著炊火煮熟了。她回房去，等到半夜三更，老稽奶奶睡熟時，悄悄溜出房門，跑到灶屋去，也不敢點燈，摸黑從湯罐裏撈起那三隻蛋來，一隻一隻的剝了吃。頭兩隻蛋下了肚，正剝開第三隻，忽然看見燈火亮，原來婆婆醒來聽見動靜，掌燈到灶屋來了。

兆山嫂做賊心虛，一時情急，就把剝好的那隻蛋一口整吞下去，誰知吞進喉嚨管之後，不上不下的卡住了，一口氣沒接得上，人就死過去啦！

雞零狗碎的事情，都甭說了，兆山嫂偷蛋噎死是真的。等稽兆山知道，業已晚了，人死不能復生，只好買口棺材盛殮了下葬罷！像稽家那種貧苦人家，葬媳婦還能有什麼大排場，三十晚上糊元寶，鬼糊鬼，草草的把她給葬在西郊。

那時候，恰巧鎮上富戶施大盆死了閨女，葬事很隆重，墳也在西郊。鎮上沸沸揚揚的傳說著，說是施大盆真慷慨，閨女入殮時，光是陪葬的金銀珠寶就值上萬塊錢……這一傳說不怎麼樣，西街的小光棍盧小猴子可動了心了。

「盧小猴子原就是個盜墓的賊，平素嗜賭如命，酒也喝幾盅，娼戶門裏也常走動，年根歲底。手邊缺著，正盤算做一筆勾當，一聽說施大盆的閨女陪葬豐厚，就打上了主意。

照說盜墓這一行，真是缺德帶冒煙，不是人幹的玩意兒，那個盧小猴子歹得很，居然幹它幹了好些年沒被人識破，可見他是個細心的傢伙。不過，俗話說是：常在河邊轉，沒有不濕腳的，這一回，他可是出了漏子！

盧小猴子也趁著白天察看過墳頭，預定某天某日動手，就在動手的那天夜晚，天落了大雪，盧小猴子燙了一壺老酒，喝得醉裏馬虎的，順手抄了一柄鐵鍬，繫上了工具袋子，推門出去了。

做賊的，有個不成文的老規矩，說是：偷風偷雨不偷雪。但凡落雪天做案，白白的雪地上，留下一路黑腳印兒，這當然很犯忌諱了！但那盧小猴子財迷心竅，仗著七分酒意，不管三七二十一，摸路踏雪，奔向鎮西去。

嘿嘿，無巧不成書，他摸施大盆閨女的墳，摸錯了位，一傢伙摸到兆山嫂的墳頭上去了。四野一片白茫茫的飛舞的雪花，墳頭也都厚積著雪，盧小猴子用鐵鍬頭插下去試試，試出是鬆浮的新土，便像地老鼠打洞似的，拚命挖掘起來，……。

挖穴盜墓這一行，怪氣的名日多得很！

盧小猴子進到墓穴裏，爬入棺尾摸摸死人的腳，便打袋裏摸出屍兜兒來——一般盜墓賊進墳都是這樣：先用屍兜掛在自己的頸子上，趴在死屍腳前，胡天胡地的禱告一番，然後摸到死屍的頭，以屍兜的另一頭把它套起來，套妥之後，人跟死屍臉對臉，把死屍拉起來坐著，這時刻，盜墓賊要跟死人說：

『某老爺或是某某姑娘，陽世的錢財歸陽世，陰司的錢財歸陰司，我因在陽世為人，一時貧窮短缺了，沒奈何，只好向您伸手，暫借你（妳）的陪葬之物用一用，好在這些東西，全屬陽世的錢財，你是多它也不多，少它也不少，你儘可記在賬上，等日後，我一定燒紙化箔，如數奉還給你！』」

聽罷，許小老漢這番話，像是憑空編造的嗎？關於盜墓賊趁著黑夜翻屍倒骨，挖穴盜墓的事，我們早就零零星星的聽別人說起過，但全不及許小老漢這樣說得精彩傳神，而且有些駭人聽聞。

七狗兒他們年紀大些，膽兒也壯些，聽著聽著，鬨鬨的笑開了。我卻抬眼望望西天黯淡的霞雲，不由自主的打了個寒噤。

想想罷，殘冬臘月，天落大雪的夜晚，寒風尖冽冽的，像根棍似的揮打著巴掌大的雪花，一個人挖穴鑽進黑漆漆的墓洞裏去，摸摸死人腳，摸摸死人頭，這是多麼可怖的事兒！這些都不說了，單說用屍兜把死屍跟自己臉對臉的兜得坐起來，想著就使人起噁心，胸口漾漾的，想把那種怪異嫌人的感覺嘔吐掉！

吐還沒吐掉呢，許小老漢可又接著說了：

「盧小猴子也正那樣，黑裏摸著個軟塌塌的死屍，猜想著就是施大盆新過世的女兒，他取出屍兜，把一頭套在自己的後頸上，另一頭套在死屍的後頸上，挺著上身這麼一拉，把死屍拉得坐了起來；當他跟死人說起借錢用的事情時，嘿，怪事就出來了！死屍一坐起來，喉嚨咕嚕響了一聲，一口氣就吹在盧小猴子的臉上，盧小猴子雖說覺出有些怪異得慌，也並沒怎麼樣，照舊把話說完了，動手在死屍身上摸索，想摸到那些陪葬用的金銀財寶，誰知這一摸，死人連著嘆起氣來說：

『嗨呀！可悶死我了！』

『糟！』盧小猴子一聽，天底下旁的事都聽過，哪聽說棺材裏的死人還會說話的？電閃般的念頭只在他心裏一轉，跟著就害怕起來。他把屍兜從頸上一抹，把死屍放倒，想急急的爬出墓洞去，誰知那死屍跟著自己坐了起來，一把拉著盧小猴子說：

『死鬼！你黑燈黑火的摸個什麼？不會把壁洞裏的燈給點上?!』

『啊！啊！』盧小猴子被那冰冷的鬼手一抓，渾身嚇得直打抖索，原想放大聲音叫救命，無奈喉管被什麼東西緊緊的鎖住了，只是啊呀啊的說不出話來。

他好不容易從墓穴裏掙脫出來，兩條腿已軟得站不直了，跑既跑不成，只好像烏龜似的在雪地上爬。爬著爬著回頭去看，我的老天！那死屍也從墓洞裏爬了出來，披散著頭髮，一面爬，一面叫著：

『等我！等我！』」

許小老漢不但這樣的說著，還囁起嘴形容尖風打雪的聲音，呼——嗚，呼——嗚，吹得人毛骨悚然的，東街有個年紀最小的孩子叫二毛頭，被嚇得叫出來。

「哼……你……騙人的?!」他說。

七狗兒先是瞪了二毛頭一眼，又暗暗的捏了他一把。

「騙人的，你說是?」許小老漢把他的大腦袋斜下來，在二毛頭的鼻尖上搖晃著：「天曉得！天曉得我爲什麼白耗時間，在這兒說謊，要騙你們這群毛頭孩子?」他轉臉朝我們看一眼說：

「說我是胡扯八拉的嗎?你們……真是……我可不會瞎侃空，這事情，有名有姓，有憑有據，不信麼?不信，你們回去問問街坊上年紀大些的人去，問他們見沒見過盧小猴子這個人……他就是那年盜墓沒盜成，叫嚇出瘋癲病來的，成天在街頭上顛來倒去說他挖穴盜墓所遇到的事，說呀說的，就跪下來爬著跑，彷彿那墓穴裏的女鬼還跟著他一樣。——你們問那兆山嫂?嘿，兆山嫂可不是又從墳裏活轉來爬回家怎的?!她當初原是好端端的人，沒病沒祟的，只是被整吞下去的雞蛋噎住喉管，一時閉住氣了，若沒盧小猴子盜墓，用屍兜把她牽動，她也只好死了！盧小猴子用屍兜把她拉動時，那雞蛋滑進肚去，她就活回來了。後來她活了好幾年，若不是染上大瘟，只怕到眼下她還在世上活著呢！你們相信不相信?!」

「相信！我們相信！」孩子們雖有些亂吵吵的，但都說的是同樣的話。

「真的相信？」

「當然真的相信。」

許小老漢很滿意這樣的回答，把兩眼一瞇，就拔出煙桿吹吹氣，裝煙打火，慢慢的吸起他的葉子煙來了。

織錦似的黃昏在人頭頂上黯淡下去，許多蝙蝠抖著翅膀飛出來，繞著晒布場子旋舞，很多條黑布隨風盪漾著，古老的日子，彷彿都是那些很玄奇的黑波黑浪綴成的，要不然，哪會有恁多稀奇古怪的傳言呢？

白牡丹那個女人，從晒布場那邊走過來了，她的上半截身子露在黑布的波浪上，走著，又彷彿是在飄著。一個白磁燒出來的女人，很美，但卻冷漠得嗅不出一絲人味，這也許就是我們厭惡她的理由，雖說對開染匠坊的老闆娘來講，我們也並不怎樣討人喜歡。

她飄過來，黑布的波浪在她腰間起伏著，許小老漢手捏著煙桿，斜著兩眼低頭看她，白牡丹走過他面前，連眼也沒朝他瞟一下。

她走過去，許小老漢才抬起頭，磕磕煙灰說：

「你們要聽這類的怪事，我知道的可多了！明晚再來罷！」

一離開染匠坊，我們立刻就七嘴八舌的議論起白牡丹那個女人來。對於這些閒言閒語的議論，名是議論，實則上，就只有七狗兒他們幾個大些的說話，我們即便想插嘴，也很難插得上。

「許小老漢這個帶殼的爬蟲，硬是伸著頭找罪受。」七狗兒說：「換是我，寧可一輩子沒老婆，也不會花錢抱了這麼個冷冰冰的磁人兒回家，這樣走面對，都冷得讓人難受，長年累月的白天黑夜，倒是怎麼熬法兒？」

「算啦罷！」另一個說：「玻璃眼鏡，各投各人的眼，你又不是許小老漢，怎曉得那麼多，也許人家白牡丹臉冷心熱，要不然，許小老漢怎會從不當著人貶駁他的老婆來著?!」

「嘿，」七狗兒說：「你先去問他，有沒有那種膽子？誰不是這麼說過，凡是沒孩子的婦道，全是冷性子，白牡丹硬是那類的，一上眼就看得透。」

我弄不懂七狗兒他們爲什麼對白牡丹的長長短短有著那麼大的興致，費那麼大的力氣，口沫亂飛的討論著她，我只是對那座染匠坊的神秘氣氛和許小老漢所講述的那些故事，有著一慣的好奇心罷了。

許小老漢這個怪氣的矮人，總是有時間用那些怪異的故事，把人的感覺塡得鼓鼓脹脹的，二天他跟我們講起另一宗怪事，當然也是關乎鬼的。

「當然囉，墳裏頭生出來的傳說，就是講上八天八夜呢，也總是講不完的。」他噴著辛辣的煙霧說：「不過，顧大腳的女人遇著的那宗事情，實在是奇而又奇，——你們難道不曉得顧大腳的女人？對啦！你們出世前，她就已經死掉了！

顧大腳的女人，那時我們管她叫顧大嫂，她是個高頭大馬型的小腳女人，臉上有幾粒白色的甜麻子，成天笑瞇瞇的，像剛剛在地上撿著了兩百錢。這個顧大嫂，做的是賣蒸糕的買賣，常常蹺著腿坐在高木凳上，在十字街口徐家豆腐店隔壁的長廊底下賣蒸糕，那宗怪事，就是她親口告訴過我的……

『那年九月重陽前些日子，』她說：『正巧碰上連陰雨，一天到黑，綿綿的飄著牛毛細雨，昏天黑地的早晚難分，遍地冷濕，反使我的蒸糕生意旺起來，一個晚市能賣幾百筒的蒸糕。』

『哼！我正樂著生意好，怪事就出來了！——你曉得，我賣糕得來的錢，我都把它塞在木櫃右邊的抽斗裏的，夜晚收市時，我總要先拉開木櫃，清點那些零錢。我一清點零錢，就發現有兩塊黃黃的鬼燒紙。

頭一回發現鬼燒紙，我心裏雖有些惡憎得慌，但也沒以爲意，總猜是哪個頑皮孩子使捉狹，不知在哪兒撿來，偷塞在裏面的。誰知二天夜晚，又有兩塊那種黃黃的鬼紙錢，夾在銅子兒裏頭了！

怪呀！我想：這些鬼紙錢，究竟是打哪兒來的呢？若說是哪個頑皮孩子丟的罷，那似乎講不通，——木櫃的抽斗就在我面前，我站著取蒸糕，身子正擋著那隻抽斗，沒有說有人塞東西我看不見的道理；再說，我從沒離過攤子半步，沒有誰能作這個惡劇！

既沒人作惡劇，這兩塊紙錢，難道是有人來買糕時，當著陽世的錢用給我的？我想了又想，也絕不會有這種悖乎情理的事情。老漢，你想想看，我又不是七老八十，耳聾眼花的人，白白的筒子糕賣出去，收錢哪有不看清楚的道理？紙錢跟銅角子完全不一樣，甭說是睜著眼瞧看，就是閉著眼用手捏，也捏得出來呀！

嗨！我又把那兩塊鬼紙錢給撕碎了甩掉，心裏有著說不出的懊悶，回家去睡不著覺，前思後想也想不出這兩塊紙錢究竟是怎麼來的?!

既然想不出來，那只好防著點兒罷！我跟我自己說：趕明兒，我再出攤子賣糕，得要特別留神些兒，兩眼細看錢，時時防著抽斗不要讓誰靠近，倒看還會不會再有那種憎惡人的鬼紙錢出現。

一個晚市，我真的沒有看出有半點兒毛病，收市時一拉抽斗，我可被嚇楞了，——可不又是兩塊黃黃的鬼紙錢夾在銅子兒裏頭！

我一想，糟了！這鬼紙錢，豈不是鬼用來買我的蒸糕的罷?!這麼一轉念，我可就氣惱起來了！我丈夫顧大腳，可說是天下一等一的老實頭，總是受人欺侮，人氣已受夠了，難道我當他的老婆，跟著他受人氣不算，還得受小鬼的戲弄?……

我暗地裏發了狠，我非得把這種事情查個水落石出不可，要不然，心裏怎樣也不得安穩。

二天早上，我跟大腳一商議，把這事跟鄰居說了。鄰居裏頭，有人告訴我：極可能如妳所料，真的有鬼用冥錢來買糕。

「可是，」我說：「可是，收的錢我全細看過，當時並沒看見有這種鬼紙錢呀？」

「嗨，顧大嫂，妳這人怎麼這樣死心眼兒？」鄰居跟我說：「鬼的那些鬼名堂多得很，做人的怎能料得著？也許它會用障眼法，把冥錢變得跟真錢一樣，過後它又變回去了呢！」

「對！」我說：「我想起追查的辦法來了！」

我的辦法很笨，但總是個可行的辦法。我想過，平時到這兒來買蒸糕的人，多半都是老鄰舍，老街坊，假如鬼夾在買糕的人裏，無論它怎麼會變化，變出來的也是陌生的臉孔，朝後我只要注意生臉子，把他們買糕的錢放在另一個地方，看看有什麼變化，就不難查出來了！

那天晚市上，不但天色陰晦，細雨霏霏，而且風也更比往常尖冷，吹得人渾身透寒。在買糕的人裏，有一個穿著黑夾衣的年輕婦人，臉色蒼黃白淨，只在鼻凹裏有幾點細小的雀兒斑，那反使得她看上去顯得俊俏些。

我自打嫁進顧家，在鎮上十來年了，這鄉鎮可不是通都大邑，街坊鄰舍，哪張臉我不熟悉？但我偏偏沒見過鎮上有這麼個年輕的婦道人家。

她打了一把破舊的油紙傘，穿過街心的雨地，朝這邊走過來，傘光像一塊黃油似的抹在她的臉上，使她的臉看上去顯得更蒼黃。她來買兩塊蒸糕，遞給我兩個銅子兒，我把那兩個銅子兒在掌心掂了一掂，順手放在圍裙的前兜裏，一面取蒸糕，一面跟她搭訕起來。

「您不是住鎮上罷？」我說。

「嗯。」她應著，朝我笑了笑。

「怪不得看來臉生，」我說：「大老遠的，頂著雨跑來買糕，真夠辛苦的。」

「孩子吃慣了妳的糕，我只好多跑點兒路了！」她說著，接過我遞出去的糕，還低聲的道了謝，撐起她的破油紙傘，踽踽的朝西走，不一會兒功夫，雨霧就遮住了她的影子。

收市時我再拉開抽斗，沒見著鬼紙錢了，我伸手一捏裙兜，哼！不是兩張鬼紙錢怎麼地？這一來，我斷定了那黑衣婦道就是個女鬼。

起先我著實的惱恨她，原想請巫道施法收拾她，繼而又一想，記得她說過孩子要吃糕的話，看她的臉，並不像存心欺人的惡鬼，也許另有一番隱衷，我不妨暫作不知，多探聽探聽再說。……要是她有隱情，我相信她還會再來的。

果然，她又在傍晚頂著雨來買糕了，這一回，我跟她多搭訕了幾句，她不願多說話，只說她叫秋雨嫂，原住北地的七里崗子，搬到鎮西郊外不太久，她丈夫樊秋雨外出經商去了，只有她帶著個孩子住著。

九月重陽那一天晚上，她又打著油紙傘，冒雨來買蒸糕，她走的時候，我忽然起了個好奇的念頭，便把攤子請人照料著，自己也打了一把傘，瞅著走在前頭的她的背影，遠遠的一路尾隨下去。我倒要看看這個黑衣的女鬼住在什麼地方？她爲什麼要用冥紙變成錢來買糕？買了糕去又要幹什麼？

她沿著西街一直朝西走，破油紙傘撐得斜斜的，風打西邊來，絞著她兩鬢披散的頭髮，飄漾飄漾的飛舞著。我離她不過三、四丈地，街廊兩邊稀疏的燈火映亮一街泥濘，我明明看見她的腳步落在稀泥地上，但步步都沒留下腳印兒，可見俗傳沒錯——鬼走路是不留腳印兒的！

你問我怕不怕？照理說，像我這樣一個婦道人家，親眼看見了鬼，實在應該害怕的，不過當時只顧著尾隨那個女人，「怕」字壓根兒忘掉了！

一出西街梢，燈火亮全沒了，那撐傘的女人走得那樣快，簡直像飛的一樣，轉瞬功夫就沒了影兒啦！天是那樣黑法，墨染似的，伸手不見五指，只有綠熒熒的鬼火在荒墳塚那邊亂滾，沒奈何，我只得走了回去？……過了重陽節，那女人再沒有來過，敢情她業已曉得事情敗露了，不好意思再露面罷？

事情過後，我跟旁人講起過，很少有人肯相信的，全都說我荒唐，我只有放在心裏納悶著。

有一天，貨郎李老侉子擔子裏多了一個包裹得很好的奶娃兒，他跟十字街口的人喳呼，說那孩子是他在西郊荒墳塚裏撿得來的，我聽著聲音，心裏覺得很奇怪，跑過去一看，果真是個白胖生生的奶娃兒。……按情理說，荒墳塚上棄嬰是有的，多半是用蒲包裝著的死嬰，至於這樣活著的男嬰，很少有人肯扔棄掉的，我當時就問李老侉子說：

「你在哪座墳頭上撿來這麼個肥篤篤的小男孩兒？老侉子。」

「呵呵！」李老侉子把那男嬰像捧寶似的抱在懷裏，咧著嘴笑說：「俺永也忘不了的，是在一座叫做李氏慧貞的墳上，她丈夫替她立的碑。」

「她丈夫叫什麼名字？你還記得罷？」

「那俺……俺可就不記得了！」李老侉子說：「妳要是沿著草路，走進荒塚堆，靠右邊第三座墳，坐北朝南，就是她的墳了！」

他說話時，那男嬰哭了起來，李老侉子顛動手臂搖晃著他，忽然有一宗東西，從包袱裏頭滾落下來，我撿起一瞧，我的菩薩媽媽，你知那是什麼?!——那正是那天那黑衣女人從我手上買回去的蒸糕，蒸糕還剩下小半截兒，壓得扁扁的，早就發硬了。』」

許小老漢一口氣把事情說到這裏，打了哈欠，去摸腰裏的煙桿，七狗兒這才有機會插嘴問話。

「難道那男嬰會是鬼在墳裏生的？」

「嘿，可不是！」許小老漢一本正經的說：「顧大嫂說她親自到西郊的荒墳塚裏去察看過，那個叫李慧貞的女人，可不正是樊秋雨的妻子?!墳邊還斜插著一把破雨傘，也正是那黑衣女人買糕時所打的那一把！不用說，李老侉子撿著的那個男嬰，真是秋雨嫂那女鬼在墳裏生的。——你們說沒見過那座墳？……當然沒見過，那座墳裏的棺木，早就被樊秋雨移回他的原籍七里崗子去了！有人把這宗怪事告訴樊秋雨本人，慫恿他向李老侉子去討回那個男嬰，誰知李老侉子也離開鎮上，回他山東的原籍去了。

他是個老光棍，臨走之前，口口聲聲要把那男嬰當成自己的兒子養活。至於後尾兒，那樊秋雨究竟找沒找得回他親生的骨血？顧大嫂她沒提過，我不能瞎謅。至少，樊秋雨他來鎮上替他亡妻移靈時，證實過一樁事情，那就是他的妻子李慧貞，確是懷孕將足月的時刻死的。……」

也不知怎麼地，許小老漢所說的這個故事，使我著迷得不得了。同樣說的是鬼，而李慧貞這樣的黑衣女鬼，卻一點兒也不會使人覺得可怕。黑夜裏，冒著秋風秋雨，撐開一把破雨傘，用冥紙變錢，替她在墓穴裏生出來的嬰孩去買蒸糕，她哪兒像鬼，倒像是世上滿懷愛意的母親……這樣想著，我倒盼望它是真的了！

第三天，我們幾乎是伸長了頸子，等著聽許小老漢答允爲我們講的第三個故事。誰知染坊業已歇工，有人說是許小老漢晌午前就騎著牲口去縣城去了，——不用說，我們全曉得他是買新顏料去的。

「那只好等著他回來罷！」七狗兒說：「要是五鬼王真的有靈驗，鬼故事全已交了庫，他就該放人家一馬，約束著那些小鬼不來這兒胡搗亂，讓人家染的布能上色的，許小老漢就真有錢，也吃不住這樣賠本呢！」

「如意算盤可不能打得太早，那些鬼裏鬼氣的小鬼，說不定會玩出什麼樣的花招兒，逼著染匠坊許這允那的，它們好趁機撈油水，要不然，鬼還算鬼嗎？」另一個不很信任的說：「單看它們這種要脅人的存心，就不是幾個鬼故事能打發得了的！」

許小老漢一趟縣城去了五、六天，等他帶著瓶瓶罐罐的染料回來時，染匠坊本身卻出了大變故——他老婆白牡丹跟人捲逃掉了！而那個姘頭不是旁人，就是平素極愛糟蹋許小老漢的歪嘴徐四！

染匠坊沒有再開門，也就從那時起，那一片大房子，整個的變得黯淡荒冷了。許小老漢有一陣子也張過紅帖子，要把染匠坊給盤讓掉，不過，很久都無人問津。

起先一年，許小老漢還留在鎮上，常常在茶館裏，跟街坊上的人談起他的逃妻。他說話很爽直，一點兒也不避忌什麼，他說：

「其實，那種水性楊花的老婆，我早就曉得她不會老實的，雖說當時沒抓著她的把柄，但我料得到，她早晚必會跟人家跑掉的，跑掉也罷了！」

「話可不能這麼說，小老漢！」拖鬍子的說：「她究竟是你花錢娶來的老婆，存心那麼狠毒，趁你不在家，捲了你的錢財跟人跑掉，你該出首告官，追緝那兩個沒廉恥的傢伙，你這樣老實，說話縱容她，讓他們稱心如意事小，敗壞鎮上的風氣事大，這個，你得慎重考量考量……」

「她捲走了你多少錢？看你並沒有心疼的樣子？」另一個說：「這不夠狠毒的嗎？」

許小老漢聳起肩膀，攤開雙手苦笑說：

「甭問多少錢了，我整個家當，除去這片破宅子，她全替我捲走啦！我倒不是不心疼錢，我是朝寬處想——一個變了心的女人，你強霸她在身邊有啥用?!霸住她，就像霸住豺狼虎豹一個樣，她早些走，還只是捲走你的錢財，晚些走，只怕連我這顆腦袋也保不住了呢！」

「這真是沒出息的想法！」拖鬍子的說：「照你這麼講法，你老婆跟人跑掉，你還心服口服的了?!」

「嗨！」許小老漢嘆口氣，臉掙得發紅說：「毛病原就出在我自己的頭上，我……我這種人，就是拿鹿鞭熊膽當飯吃，也照樣的……不成！我留著她有什麼用?她又不是沉檀佛手，我好整夜抱著她乾聞?!」

我弄不懂這話有什麼好笑的，但很多人全鬨鬨的笑起來，只有拖鬍子的，非但沒笑，反而瞪了許小老漢一眼，吹動鬍梢子說：

「哼！這是道理嗎？這可不是道理！你當初不娶她進門就罷了，既然一轎把她抬進門，她可就是你許家的人！你能不能，那是另一碼子事……活寡她也得守下去，偷漢子捲逃，那硬是不成！」

「不成又有什麼辦法呢？二老爹。」許小老漢說：「我能成天用繩把她拴著？還是用鎖把她鎖著？……不過，對這事，我當然也動過火。——我原以爲她會選個白淨斯文的後生，誰知她扔掉我這矮鬼，卻選了一個歪嘴，那傢伙既好吃懶做，又酗酒賭錢，光靠一根硬鳥，我大睜兩眼看著，倒看他能把白牡丹團哄著跟他過多久？」

在當時，許小老漢這個論調，被鎮上人拿當笑話講，他們提起許小老漢來，不用指名道姓，只是疊起手，做出一個爬動的王八的手勢。不但在背地裏閒談議論他，就是衝著他的面，也嘲弄他沒有出息，甘心戴綠帽子。後來他離開鎮上搬下鄉去，也許是不願受人嘲弄的緣故罷？

對於街坊上的成人們來說，多一個許小老漢，少一個許小老漢，多一間染匠坊，少一間染匠坊，好像與他們毫無關聯。但對我們來說，自打染匠坊關門，許小老漢離去之後，心裏便空空的，彷佛缺了一些什麼。

也許是戀舊的關係罷？七狗兒曾經帶著我們，翻越圮落的矮牆，到霉黯無人的老染坊裏去過，早時染坊裏那種忙碌的景象，像些細碎的貓的腳爪，在人心裏踩動著。它踩動著，使我仍能看得見三連灶間噴出來的火燄，來往奔走著的男女染工，看見熱氣騰騰的染缸，急速攪動的木杵，各色飛蛇般的彩布和它們起伏的波浪……一刹的幻覺湧過，回憶裏欣悅如歌的曲調停歇了，那些彷彿不再是真的，而是一場夢。

很多曾經鮮豔過的顏色，結成滿是碎紋的硬殼，黏在染缸裏外，色調乾枯灰黯，有很多結成團兒的老鼠糞留在缸底下，使屋子裏有一種嗅起來很不舒服的味道。蛛網在這裏那裏張掛著，有些凌空懸下的廢網，黏滿屑粉般的塵埃，像瞎子的白眼翳，過去的時光被隔在那邊，不會再回來了！

難道這算是許小老漢的第三個故事？——他自己的故事?!

我們很想闖進那座供奉著五鬼王的宅子，掀開神龕的黃布幔子，看看那鬼王究竟是怎樣的一副嘴臉？會把一座好好的染匠坊搗弄成這個樣子?!我總以爲，染匠坊要不是生出染布不上色的岔子，許小老漢不去縣城買染料，白牡丹也許得不著那樣從容的機會，跟歪嘴徐四一道兒捲逃的；不過，這也許只是我們做孩子的一廂情願的想法，根本上於事無補。

事情總已經弄成這樣，不會再生旁的枝節了！街坊鄰舍們在談起這宗事的當口，也都有著這樣的定論。

奇也奇在這裏，當事情過了好幾年，鎮上人都淡忘了它的時候，許小老漢居然又回到鎮上來，找了工匠來，把那座荒落的老染坊重新裝修整頓，糾合了當年那些男女染工，依舊復了業，而那個失蹤好幾年的白牡丹，居然又回來跟他過日子了。

有人神秘的道出一些緣由，說是當年染坊染布不上色，根本不是什麼小鬼搗亂，而是歪嘴徐四出的鬼主意的——偷偷在染料裏做了手腳。歪嘴徐四勾上白牡丹，兩人攜帶細軟逃到鄰縣去，過不許久，他就用白牡丹的錢交上了一個風流的娼婦，把白牡丹給扔了，白牡丹討乞回到她的娘家，哭著要回到許小老漢身邊來的。

「那大概是居心要贖罪來的罷?!」有人說。

「嘿，換是我，就不會再要她，只有許小老漢那種人，才肯收那種破銅爛鐵！我呀，我會來它一個朱買臣馬前潑水！」

白牡丹回來確是真的，我們不容易再見著。只有一回在她房門外碰見了，覺得她略為老了一點，也還是那麼白淨，不過，她的白臉不再那麼冷，笑得很軟和，透著一點兒人味。

我們想過，我們既然喜歡許小老漢，也喜歡他所講的那些無論是真是假的、人味十足的鬼故事，為什麼不能也喜歡她一點點呢?!——在馬前潑水的朱買臣和專收破爛的許小老漢之間，我倒是喜歡許小老漢起來，儘管他是個卑微的小人物，比不得頭插金花、腰圍金帶的狀元。